cacité surprenante dans les cas de maladies chro-
niques les plus invétérées et souvent réputées
incurables.

C'est au milieu de l'été de 1823 que j'eus oc-
casion de visiter ces eaux , et d'être témoin , non
sans un vif sentiment de surprise et d'admira-
tion , des cures aussi nombreuses qu'inattendues
qu'elles opéraient sur des malades de tout âge et
de tout sexe , soit prises en boissons , soit admi-
nistrées sous forme de douches et de bains.
Frappé d'un autre côté des qualités apparentes
et physiques qui distinguent ces eaux (elles sont
*bouillonnantes , fortement acidules , styptiques,
d'une amertume prononcée , avec un faible arrière-
goût de salure , médiocrement chaudes , de 29 à
30 degrés Réaumur. , légèrement sulfureuses*), je
résolus de m'assurer sur les lieux de la nature
de leurs principes minéralisateurs. Pourvu d'une
caisse de réactif que le Professeur de chimie de
Chambéry voulut bien mettre à ma disposition,
j'en entrepris l'analise générale et préliminaire à
l'issue même de leur source. J'y ai consacré six
séances publiques , par un ciel et une tempéra-
rature des plus favorables , au milieu d'un con-
cours de spectateurs aussi distingués par leurs
connaissances que par le rang qu'ils occupent
dans la société ; on y remarquait entr'autres
beaucoup de malades étrangers. Mes expériences

NOTICE

De quelques Ouvrages d'agrément et d'utilité, destinés plus particulièrement aux Dames et aux Demoiselles.

Chez M. LIONS, libraire, place Louis-le-Grand, n° 20.

OUVRAGES D'AGRÉMENT.

L'Oracle des Amans. — La Clef des Rébus. — L'Art de tirer les Cartes. — Le grand Traité des Songes. — Petit Traité des Songes et des Visions. — Art d'aimer d'Ovide — Art d'aimer de Bernard. — Art de conserver et d'augmenter la beauté. — Amusement du bel âge. — L'Art de plaire et de fixer. — L'Art de briller en société. — L'École de l'urbanité. — Jeux innocens de société. — Manuel de la bonne compagnie. — Manuel de l'homme du bon ton. — Charades en actions. — Le Sphinx des Dames. — L'Art de faire l'amour. — Les Moyens de plaire. — Le Lavater des Hommes. — Idem des Femmes. — Les Sympathies. — Le mérite des Femmes. — Le Chansonnier des Grâces. — Le Printemps et l'Amour. — Et plus de vingt autres sortes de Chansonniers.

OUVRAGES D'UTILITÉ.

École de la Miniature. — Mythologie des Demoiselles. — Encyclopédie des jeunes Demoiselles. — Galerie des jeunes Vierges. —

Rhétorique des Demoiselles. — Manuel épistolaire. — Contes à ma Fille. — Conseils à ma Fille. — Encouragement de la Jeunesse. — Les Jeunes Femmes. — Leçons de Chimie, en 24 leçons. — Leçons d'Astronomie, en 26 leçons. — Grammaires, Dictionnaires en toutes langues, — L'École des Demoiselles, etc. etc.

Nota. On s'abonne, chez le susdit libraire, pour la lecture des livres, au mois ou au volume, à un prix modéré. On a à choisir sur douze mille volumes en tout genre. Il reçoit les Ouvrages nouveaux aussitôt qu'ils paraissent.

L'ORACLE

DES

DAMES ET DES DEMOISELLES.

Tout contrefacteur ou débitant d'édition contrefaite , sera poursuivi devant les Tribunaux.

L'ORACLE

DES

DAMES ET DES DEMOISELLES,

OU

LE VRAI HOROSCOPE;

Suivi des Leçons au beau sexe pour apprendre
à plaire et à fixer, tirées de l'ART D'AIMER
du sensible Ovide et du gentil Bernard.

Édition nouvelle, dédiée à la Jeunesse, avec figure.

Par J. L****

Prix 1 fr. 50 c.

PARIS,

CHEZ AUDIN, LIBRAIRE, QUAI DES AUGUSTINS, n° 25.

LYON,

CHEZ LIONS, LIBRAIRE, PLACE LOUIS-LE-GRAND.

1826.

IMPRIMERIE DE J. M. BARRET.

INTRODUCTION.

L'Oracle des Dames n'est pas un jeu nouveau de société, comme l'a prétendu un anonyme, auteur d'un ouvrage semblable à celui-ci, et qui porte à peu près le même titre.

C'est un jeu très-connu en Allemagne et en Angleterre. Dans ces pays, comme en France, il a toujours fait et fait toujours l'amusement de la jeunesse. J'espère que cet ouvrage mieux soigné, je crois, que tout ce qui a paru jusqu'ici sur ce sujet, ne sera pas reçu moins favorablement, et je suis d'autant plus fondé à le croire, que je me suis attaché à le rendre aussi utile qu'agréable. On n'y trouvera rien, en effet, dont l'oreille la plus chaste puisse être offensée. J'ai cherché aussi à simplifier la manière de faire ce jeu, et je suis persuadé d'avoir réussi.

J'aime à croire que l'Oracle des Dames et des Demoiselles, tel qu'il est présenté ici, sera jugé sous le rapport du délassement de l'esprit, le passe-temps le plus convenable à la jeunesse. On y trouve des avis et des conseils plus justes et mieux raisonnés souvent que ceux qu'on rencontre dans plusieurs ouvrages reconnus pour renfermer d'utiles leçons, sous le rapport de la morale. Ce jeu ne laisse dans la mémoire que d'agréables souvenirs, souvent nécessaires pour faire une utile diversion dans les maux qui viennent de temps en temps affliger la pensée.

Manière de faire ce Jeu.

Il faut choisir une des cinquante-trois questions dont il se compose, et l'avoir bien présente à la pensée, ainsi que le numéro qu'elle porte, tandis qu'on procède de la manière que voici :

Figurez avec une plume, ou avec un crayon, ou même avec la pointe d'une épingle, sur du papier, ou sur toute autre chose, quatre lignes droites, puis comptez le nombre de points dont chaque ligne se compose, et gardez-vous bien de vous attacher à un nombre déterminé de points : il les faut faire au hazard et sans les compter en faisant les lignes. Ces quatre lignes ainsi faites, on compte séparément les points qui entrent dans chacune. Si ce nombre s'élève au-dessus de 8, retranchez cet excédant qui sera un nombre pair ou impair ; et s'il ne s'élève pas au-dessus de 8 , vous n'avez rien à retrancher, et ce nombre sera encore pair ou impair. Dans l'un comme dans l'autre cas, marquez en chiffres ce nombre à la suite de la ligne, commençant par la première, ou par toute autre, ce qui est indifférent ; et si ce nombre est pair, écrivez sur le prolongement de la ligne et à droite du chiffre indiquant les points dont elle se compose quatre . . . . oooo et s'il est impair écrivez deux. . . . . oo

Comptez ainsi , aussi séparément, les points qui entrent dans la seconde ligne, retranchez encore de ce nombre ce qui se trouve au-dessus de 8, et mettez à la suite et toujours sur l'alignement, cet excédant ; et si ce nombre est encore pair vous mettrez encore à sa droite quatre 0000, exactement sous les quatre de la première ligne, et s'il est impair vous n'en mettrez que deux qui se trouveront exactement au-dessous des deux du milieu de la première.

Passez à la troisième ligne, et opérez de même, puis à la quatrième.

Ainsi, vous formerez une figure nécessaire pour arriver au but désiré, laquelle figure se trouve répétée dans la table des réponses, c'est-à-dire dans le même N.º de cette table que celui des questions, et à côté de cette figure, dans la table des réponses, vous trouverez précisément la réponse que vous avez cherchée.

Ce que je viens d'exposer sera rendu plus sensible par un exemple. Ainsi supposons que quelqu'un a choisi la 8.ᵉ question.

Si vous réussirez à gagner son estime
et son amour.

Il sera fait, comme il a été dit ci-dessus, quatre lignes de points.
Soient ainsi ces quatre lignes.

$$\cdot \cdot \cdot \cdot \cdot \cdot \cdot \cdot \cdot \cdot \cdot \cdot \quad\mid\quad 4 \; 0000$$
$$\cdot \cdot \cdot \cdot \cdot \cdot \cdot \cdot \cdot \quad\mid\quad 1 \;\; 00$$
$$\cdot \cdot \cdot \cdot \cdot \cdot \cdot \cdot \cdot \quad\mid\quad 3 \;\; 00$$
$$\cdot \cdot \cdot \cdot \cdot \cdot \cdot \cdot \quad\mid\quad 8 \; 0000$$

Je compte d'abord les points qui entrent dans la première, et j'en trouve 12 ; c'est-à-dire 4 au-dessus de 8; j'écris ce nombre 4 à la suite de cette première ligne, et comme c'est un nombre pair, j'écris à sa droite, comme il a été indiqué ci-dessus, quatre oooo.

Je passe à la seconde ligne, et après avoir compté les points dont elle se compose, je trouve le nombre 9, c'est-à-dire 1 au-dessus de 8; j'écris 1 à la suite de cette ligne, sous le chiffre 4 de la première, et comme ce nombre est impair, je mets à la suite deux oo, exactement sous les deux oo du milieu des quatre de la première.

Je passe à la troisième ligne qui se compose de 11 points, je retranche ce qui est au-dessus de 8, et j'écris cet excédant 3 à la suite de cette ligne sous le chiffre 1 de la seconde, et comme 3 est encore un nombre impair, j'écris, à la suite de ce chiffre 3 deux oo, au-dessous des deux oo supérieurs.

Je passe enfin à la quatrième ligne qui se compose de 8 points seulement, et comme ici il n'y a rien à retrancher, j'écris le nombre 8 toujours sur l'alignement de cette ligne, et sous le chiffre 3 de la ligne supérieure, et comme ce nombre est pair, j'écris quatre oooo à sa droite, exactement sous les quatre oooo de la première ligne.

Ainsi je trouve après avoir ainsi opéré cette figure que je cherche dans la table des réponses, (la 8.ᵐᵉ) la même que celle des questions, dans laquelle je lis à coté de la figure trouvée la réponse que j'ai désiré connaître.

Remarque. Je dois répéter ici que toutes les fois que le nombre ne s'élèvera que jusqu'à 8 , ou sera au-dessous de 8 , on écrira ce nombre sans en rien retrancher à la suite de la ligne de points : les autres dispositions restent les mêmes.

Nota. Toute personne qui fera ce jeu , ne doit point perdre de vue qu'il ne convient pas de chercher dans la même journée à obtenir plusieurs réponses à la même question , à moins que ce ne soit pour une autre personne , et qu'il faut être très-attentif dans les recherches à faire sur les tables des réponses , afin de ne pas prendre l'une pour l'autre , et s'exposer ainsi à obtenir des réponses qui n'auraient aucun rapport à la question qu'on a choisie.

QUESTIONS

Proposées , au nombre de 53.

1 Si ce que je désire arrivera.

1 *bis.* Si je m'engage , dois-je tenir parole ! qu'en résulterait-il autrement ? (*)

2 Si vous trouverez le bonheur.

3 Si vous serez victorieuse ou vaincue.

4 Si je serai heureux dans mon entreprise.

5 Si l'on gagnera à la loterie.

6 Si son époux ou son amant lui sera toujours fidèle.

7 Si le voyage projeté aura lieu , et si la personne sera pour long-temps absente.

(*) Pour trouver la réponse à cette question , voyez page 69.

8 Si vous réussirez à gagner son estime et son amour.

9 Quel langage tenir à une femme coquette pour en être écouté avec plaisir!

10 Si l'on peut espérer de plaire, et comment il faut s'y prendre.

11 Si j'aurai une surprise agréable.

12 Tiendra-t-il, ou elle la promesse qu'il, ou qu'elle m'a faite!

13 Si j'aurai part à son héritage.

14 Dois-je, puis-je ajouter foi à la déclaration d'amour qu'il m'a faite?

15 Réussirai-je dans le commerce que j'entreprends!

16 Mon mari sera-t-il aimable! fera-t-il mon bonheur!

17 Quelle est la cause de la jalousie? est-elle un sentiment durable?

18 Puis-je croire au rendez-vous qu'il a demandé, et au cadeau qu'il m'a promis?

19 Plairai-je! me trouvera-t-on aimable et jolie!

20 Puis-je, dois-je croire que je gagnerai mon procès!

21 Conserverai-je long-temps la fraîcheur de mon teint et l'élégance de ma taille!

22 S'il faut croire à son amour et au serment qu'il, qu'elle m'a fait de m'aimer toujours.

23 Que pense-t-on de moi, hommes et femmes, dans le monde!

24 Si je dois craindre que mon amie ne devienne ma rivale, et comment l'éviter.

25 Ce qu'il faut qu'une femme fasse pour que son mari n'aime jamais qu'elle.

26 Consentira-t-il à m'épouser si je lui donne une trop grande preuve d'amour !

27 Si je me confesse, qui choisir pour mon directeur !

28 L'amour me cause du chagrin, que dois-je faire !

29 Si je fuis l'objet de mon malheur, en m'éloignant, serai-je plus heureuse !

30 Dois-je croire aux rêves et aux revenans !

31 Étant mariée obtiendrai-je de mon mari tout ce que je désire ?

32 Si ayant trahi son amant on peut encore en être aimée.

33 Si la musique et la peinture sont des arts utiles et agréables.

34 Faut-il me rendre au rendez-vous, et croire aux promesses qu'on m'a faites !

35 Le bal, la comédie, la promenade, sont-ils des lieux qu'une dame ou une demoiselle puisse décemment fréquenter !

36 Si je me marie, aurai-je des enfans !

37 Ce qu'il faut faire pour qu'on dise de moi que je suis aimable et intéressante.

38 Peut-on aimer dans la vieillesse, quels plaisirs goûte-t-on dans un âge avancé !

39 Si je parviendrai à lui faire oublier que je l'ai maltraité.

40 S'il convient à un veuf ou à une veuve de se remarier !

41 Si je puis espérer d'être son héritier.

42 Si je choisis un confident, ne trahira-t-il pas mon secret !

43 Comment employer son temps.

44 Recevrai-je une lettre? Toucherai-je de l'argent?

45 Dois-je me marier? Et si je me marie, serai-je heureuse?

46 Si je ne serai pas trompée ou calomniée.

47 Si je me remarie, que faire pour fixer mon mari, ou l'empêcher d'être inconstant?

48 Je suis malheureuse dans cette condition, serai-je plus heureuse dans une autre?

49 Si je ferai une maladie et quelle en sera la suite.

50 Si ce à quoi je pense arrivera?

51 Si j'aurai des enfans et s'ils seront tels que je les désire.

52 Ce que je deviendrai après ma mort.

Nota. On doit avertir ici la personne qui fera ce jeu, qu'elle est dispensée d'adopter la question précisément dans les mêmes termes qu'elle est présentée ici, qu'elle peut l'établir approximativement pour homme comme pour femme, sans toutefois se permettre de lui assigner, pour la recherche à faire sur la table des réponses, d'autre N.° que celui que porte dans la table des questions celle qu'il a choisie, soit qu'il la prenne, je le répète, telle qu'elle est sur cette table, soit qu'il y fasse quelque léger changement sans en changer le sens.

TABLES

des

Réponses aux 52 Questions.

N'en doutez pas ; le fait est certain.

Mais vous attendrez bien long-temps encore.

Cela dépend de plusieurs circonstances.

On voudra y mettre obstacle, mais ce sera en vain.

Vous seriez beaucoup trop heureuse.

Ce serait une grande folie de le croire.

Il faut pour cela que la chose soit possible.

Le hasard seul en décidera.

Croire que cela arrivera selon vos désirs, serait folie.

Vous l'obtiendrez et vous ne serez pas satisfaite.

Mais réfléchissez et vous reconnaîtrez l'impossibilité.

Conservez cette espérance, c'est tout ce que vous aurez.

C'est une pure illusion, il faut y renoncer.

Vous n'êtes pas la seule à faire des châteaux en Espagne.

Vous aurez toujours fait un beau rêve.

Vous finirez par croire le contraire.

Figures.	
0000 | 0000 | 0000 | 0000	Oui, sans doute, si je connais bien les arrêts du destin.
000 | 0000 | 0000 | 000	Comment ne le seriez-vous pas, toujours guidée par la prudence !
000 | 0000 | 0000 | 000	Vos désirs sont justes ; et votre espoir raisonnable, ainsi tout se passera bien.
0 00 | 0000 | 0000 | 0 00	Craignez les écueils, ils sont funestes au téméraire et à l'imprévoyant.
00 0 | 0000 | 0000 | 00 0	Le bonheur est entre vos mains, et vous ne le laisserez pas échapper.
0 0 | 0000 | 0000 | 0 0	Vous vous exposez aux chances du hasard, vous ne réussirez point.
0 0 | 0000 | 0000 | 0 0	Vous êtes belle, vous avez de l'esprit, et vous en doutez !
00 | 0000 | 0000 | 00	Vous courez après la fortune, vous éprouverez les effets de son humeur capricieuse.
00 | 0000 | 0000 | 00	Tout vous assure l'empire qui s'accroîtra avec le temps.
00 | 0000 | 0000 | 00	Vovs êtes aimée, on vous recherche, que peut-on désirer de plus ?
0 0 | 0000 | 0000 | 0 0	Vous n'avez point d'ennemis, vous ne manquez de rien : voilà le vrai bonheur.
0 | 0000 | 0000 | 0	Vous coulez vos jours au sein des plaisirs, et vous paraissez désirer encore quelque chose !
0 | 0000 | 0000 | 0	Laissez-là vos doutes, la fortune outragée pourrait bien vous retirer ses faveurs.
0 | 0000 | 0000 | 0	Le bonheur est comme le papillon, il fuit comme le vent.
0 | 0000 | 0000 | 0	Vous échouerez par l'effet de la médisance.
0000 | 0000	Votre projet est bien médité, mais il n'aura pas le succès que vous attendez.

Figures.	
0000 0000 0000 0000	Ne vous bercez pas d'une vaine espérance.
000 0000 0000 000	La fortune ici est encore aveugle, et tout aussi capricieuse qu'ailleurs.
000 0000 0000 000	Ne croyez pas trouver des trésors là où l'on a dressé des embûches pour vous surprendre.
00 0 0000 0000 00 0	Quelquefois; mais bien plus souvent vous perdrez.
0 00 0000 0000 00 0	Sur dix qui courent dans l'arène, un seul arrive au but.
0 0 0000 0000 0 0	Ne vous exposez pas à une chance si incertaine, il n'en résulterait que des regrets.
0 0 0000 0000 0 0	Celui qui gagne à ce jeu, perd; et celui qui perd, se ruine entièrement.
00 0000 0000 00	Vous demandez mon conseil, que vous ne voulez pas suivre, puisqu'il n'en sera ni plus ni moins.
00 0000 0000 00	Vous croirez votre rêve, et non la raison que vous consultez.
00 0000 0000 00	Tout est ici hasard; on ne peut rien affirmer, mais on doit tout faire craindre.
0 0 0000 0000 0 0	M'écouterez-vous? Eh bien vous perdrez même en gagnant.
0 0000 0000 0	N'en croyez rien, vous courez après une ombre,
0 0000 0000 0	C'est une cruelle maladie; malheur à celui qui en est atteint.
0 0000 0000 0	C'est un appas auquel vous aurez du regret de vous être laissée prendre.
0 0000 0000 0	Qu'importe le gain que vous y ferez, puisqu'il n'en doit pas moins résulter votre perte.
0000 0000	C'est ce jeu qui, de tous, laisse le moins d'espoir; il faut y renoncer.

Qui pourrait, qui oserait vous en répondre !

C'est une grande qualité qu'on peut juger comme introuvable.

J'ose vous répondre, qu'il le sera plus long-temps que vous.

Il faut pour cela que vous en donniez l'exemple.

Mais pourquoi ! Cela dépend en partie de vous.

Comme si vous ne saviez pas que l'inconstance est une maladie incurable.

Vos craintes ne sont point chimériques.

Si cela arrive, vous trouverez le moyeu de vous en consoler.

Il serait difficile de vous satisfaire sur cette question.

Ne le croyez pas plus s'il le promet, que s'il ne le promettait pas.

La fidélité n'est qu'un mot : rien de si rare que la chose.

Il le sera pour quelque temps, et vous ne le devrez qu'à votre savoir faire.

Celui qui oserait vous l'affirmer, mentirait à sa conscience.

En vain voudriez-vous, en vain chercheriez-vous à l'en empêcher.

Celle qui croit est heureuse : ici c'est tout le contraire.

Pourquoi vous en plaindriez-vous, si c'est là votre ouvrage.

Figures.	
0000 0000 0000 0000	Pourquoi chercher à vous informer de ce que vous avez intérêt à ignorer!
000 0000 0000 000	Vous regrettez en apparence, ce que vous désirez peut-être en réalité.
000 0000 0000 000	Il partira, et des affaires imprévues le retiendront long-temps.
0 00 0000 0000 0 00	Comment vous satisfaire! Qui peut, à cet égard, avoir des données certaines?
00 0 0000 0000 00 0	Votre demande est indiscrète; elle fait connaître vos désirs et vos craintes.
0 0 0000 0000 0 0	Cela dépend d'un événement qui n'offre qu'incertitudes.
0 0 0000 0000 0 0	On sait bien quand on part, mais on ignore l'époque du retour.
00 0000 0000 00	Le voyage projeté n'est qu'un prétexte; n'y croyez pas.
00 0000 0000 00	Personne ne peut le certifier, encore moins répondre que ce voyage sera plus ou moins long.
00 0000 0000 00	Il partira, et son voyage vous sera très-avantageux.
0 0 0000 0000 0 0	Cette absence sera longue et fera verser bien des larmes.
0 0000 0000 0	Mais pourquoi cette question! Vous ne l'apprendrez que trop.
0 0000 0000 0	S'il ne part pas, et tout semble l'annoncer, vous en aurez du regret.
0 0000 0000 0	A son départ et à son retour vous éprouverez des sentimens tout opposés.
0 0000 0000 0	Le voyage est résolu, mais le moment du départ est bien éloigné encore.
0000 0000	Prochain départ, court séjour et prompt retour, voilà ce qu'il en sera.

Votre conduite en dépendra , la chose est très-possible.

Si vous lisiez dans son cœur, vous sauriez à quoi vous en tenir.

Ce n'est pas peu de chose : le temps vous l'apprendra.

Il n'y a pas de doute , si vous savez en prendre le chemin.

Un autre vous l'apprendra , refaites le jeu.

Vous y parviendrez , mais ce ne sera pas pour long-temps.

Vous l'obtiendrez , puis vous aurez encore quelque chose à désirer.

Oui , et c'est tout ce qui peut vous arriver de plus heureux.

Usez-en avec réserve , et vous ajouterez à votre fortune.

Il faut avant tout que vous ayez prouvé que vous en êtes digne.

A quoi aspirez-vous ! vous ne réussirez pas.

Il ne peut rien vous arriver de mieux que cela,

Espérez , la chose est raisonnable , et vous le méritez.

Vous y parviendrez , et cette faveur vous fera des jaloux.

Arrivée au comble de vos désirs, un autre vous supplantera.

Que de peine pour y parvenir ! et ce sera en pure perte.

Figures.	
oooo | oooo | oooo | oooo	Vous avez esprit, beauté, grâce ; une seule chose vous manque.
ooo | oooo | oooo | ooo	On vous a promis, vous n'attendrez pas long-temps.
ooo | oooo | oooo | ooo	Profitez de vos beaux jours, et vous n'aurez point de regrets superflus.
o oo | oooo | oooo | o oo	On dit, et c'est avec raison, que vous avez le don de plaire.
oo o | oooo | oooo | oo o	Vous connaissez tous les détours de l'amour, et vous régnez sur tous les cœurs.
o o | oooo | oooo | o o	Le jargon des petits-maîtres ne produit sur vous d'autre effet que de vous amuser.
o o | oooo | oooo | o o	On vous presse, on vous sollicite : vous faites tout espérer, on le croit, et puis c'est tout.
oo | oooo | oooo | oo	Vous faites naître les désirs, et vous riez des peines que vous faites éprouver.
oo | oooo | oooo | oo	Vous n'êtes point jalouse, mais vous faites éprouver aux autres ce sentiment.
oo | oooo | oooo | oo	Un sourire, un regard de vous, sont autant de traits aigus qui pénètrent jusqu'au cœur.
o o | oooo | oooo | o o	Vous avez mille adorateurs, et vous ne savez à qui donner la préférence.
o | oooo | oooo | o	Partout vous êtes recherchée, parce que vous êtes la plus aimable.
o | oooo | oooo | o	Vous aimez, mais faiblement ; car un amour détruit l'autre.
o | oooo | oooo | o	Sans vous en douter, vous captivez tous les cœurs.
o | oooo | oooo | o	Avec tant d'appas vous n'êtes cependant pas heureuse.
oooo | oooo	Si la bonté chez vous était réunie à la beauté, vous seriez un phénix au jugement de tous.

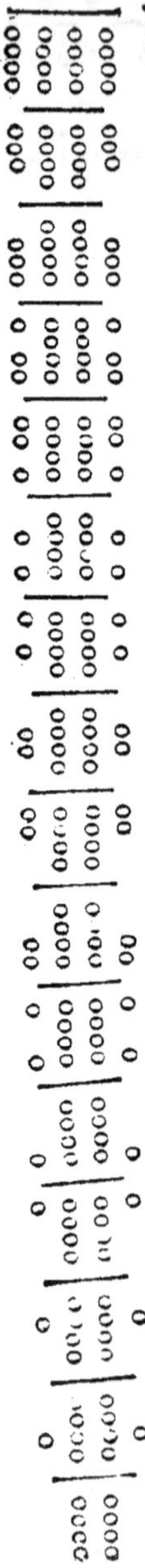

Il faut vous regarder au miroir , est-il un meilleur juge?

Le succès n'est point douteux , et vous n'avez pas besoin de maître.

Jeune et jolie , vous ne devez pas douter de votre puissance.

On est toujours sûr d'être aimée quand on est comme vous aimable.

L'art ne vaut rien ; celui qui en met le plus , est celui qui réussit le moins.

L'expérience est tout pour plaire ; pour vous c'est la moindre chose.

Ne vous en mettez pas en peine , cela viendra tout seul.

Bien habile sera celui qui résistera à vos charmes.

Ce n'est pas assez de gagner les cœurs , vous étendrez plus loin votre empire.

Ne vous en inquiétez pas , le succès est certain.

Qui peut vous résister? en vous voyant , chacun met bas les armes.

Vous connaissez trop bien vos forces , pour douter de vos succès.

Le fait existe , et bientôt vous en serez convaincue.

Bientôt vous apprendrez aux autres ce que vous désirez apprendre aujourd'hui.

Vous regretterez souvent d'avoir si bien réussi.

Vous lirez dans les yeux ce que vous désirez apprendre.

Figures	
0000 0000 0000 0000	J'ose vous l'affirmer, et vous n'attendrez pas long-temps.
000 0000 0000 000	On connaît vos désirs, vos vœux seront remplis.
000 0000 0000 000	Votre incertitude est pénible, mais cette peine se changera bientôt en joie.
0 00 0000 0000 0 00	Cela arrivera, mais au moment où vous y penserez le moins.
0 00 0000 0000 0 00	Vous recevrez une lettre, puis une visite, puis, etc.
0 0 0000 0000 0 0	Vous êtes trop modeste dans vos désirs ; tout ira au-delà.
0 0 0000 0000 0 0	On vous donnera une agréable nouvelle, mais n'y croyez pas.
00 0000 0000 00	Attendez avec confiance, votre attente ne sera point vaine.
00 0000 0000 00	Vous apprendrez la mort d'un parent, ce que vous ne prévoyez pas.
00 0000 0000 00	Vous reverrez une personne à laquelle vous ne pensiez plus.
0 0 0000 0000 0 0	Bientôt vous aurez à vous décider sur un parti auquel vous aviez renoncé.
0 0000 0000 0	On pense à vous faire un cadeau auquel vous étiez loin de vous attendre.
0 0000 0000 0	Ne désirez rien ; vous ne pouvez rien obtenir.
0 0000 0000 0	Une lettre vous plongera dans la plus cruelle affliction.
0 0000 0000 0	On vous payera une somme d'argent que vous croyez perdue.
0000 0000	Vous n'apprendrez rien qui vous affecte vivement.

C'est un secret bien intéressant que vous ne con-
naîtrez qu'avec le temps.

Le miroir vous le dira, et vous ne serez point
trompée.

Laissez agir vos charmes, vous n'avez besoin
d'autre chose.

Hélas ! que désirez-vous ? vous n'y réussirez que
trop.

Il est inutile de vous en informer, vous le savez
mieux que personne.

Vous arriverez à votre but ; et, satisfaite, vous
voudrez aller plus loin.

Vous ne tarderez pas d'apprendre ce que vous
désirez savoir.

Votre curiosité, plus que votre penchant, excite
vos désirs.

Soyez modeste, autant que vous êtes belle, et
vous gagnerez tous les cœurs.

Vous n'avez besoin pour cela ni de maître ni
de conseil.

Vos grâces fixeront l'amour ; et vos bontés,
l'amitié.

Vous désirez un maître qui vous fera trop sentir
le poids de ses chaînes.

Peine et plaisir vous accompagneront partout ;
c'est là ce que vous désirez.

Le fait est certain, et sans vous en douter vous
aimerez aussi.

Légère, vous serez aimée un instant ; constante,
vous serez aimée toujours.

Tant pis si vous réussissez, tant mieux si vous
ne réussissez pas.

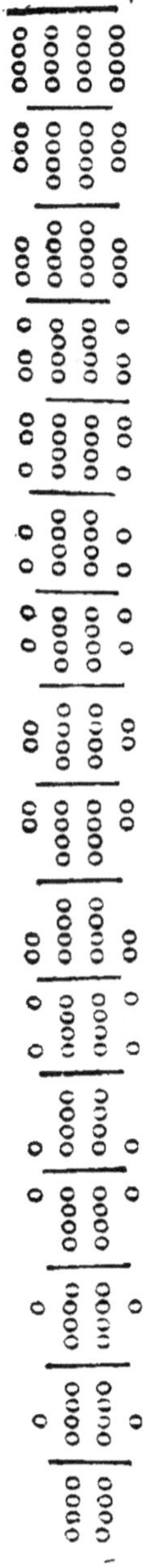

Selon qu'elle y trouve son intérêt ou son plaisir.

Ne le croyez pas comme parole d'évangile.

Une promesse ne coûte rien, vous en attendrez en vain le résultat.

On ne doit pas compter beaucoup sur une parole donnée par complaisance.

Un amant est prodigue de sermens, mais est insensée celle qui y croit.

Il faudrait lire dans son cœur, pour pouvoir affirmer la chose.

Vous pouvez le croire; car son plus grand intérêt s'y trouve.

Cela dépend des réflexions qu'il doit faire avant d'agir.

Femme coquette promet tout, mais rarement elle tient sa parole.

Il veut s'amuser à vos dépens, gardez-vous de le croire.

Il s'est trop avancé, pour pouvoir reculer.

Il ne remplira que trop l'engagement qu'il a pris.

Un homme d'honneur ne promet rien qu'il n'accorde.

Vous vous repentirez de l'avoir cru trop légèrement.

N'en faites aucun cas, il parlait contre sa pensée.

Elle voulait vous éprouver, c'était son unique but.

3 *

Figures	
	N'ajoutez pas foi à une promesse faite seulement par complaisance.
	Est bien fou qui le croit ; il fait espérer, tant d'autres.
	Je n'en serais point surpris ; il a de l'attachement pour vous.
	Les promesses ne lui coûtent rien , c'est pourquoi il cherche à se rendre agréable.
	Il fera ce qu'il promet, s'il croit que vous le méritez.
	C'est ainsi qu'il payera ce que vous aurez fait pour lui.
	Vous avez droit d'espérer et vous ne serez point trompée dans votre attente.
	Il vous fera participer à ses bienfaits, c'est un acte de justice.
	La chose est positive, et qui plus que vous a droit à sa reconnaissance !
	Quelque fondées que soient vos raisons d'y croire, vous aurez espéré en vain.
	Pour le disposer favorablement, il faut avoir l'air de n'y pas penser.
	Vaine résistance : c'est pourquoi il ne faut pas s'arrêter à cette pensée.
	Vous réussirez si vous ne le perdez pas un seul instant de vue.
	Dissimulez adroitement, et vous arriverez au terme de vos désirs.
	Vous vous livrez à une espérance , qui ne se réalisera jamais.
	Ne croyez la chose que lorsque vous en aurez la preuve.

Chacun le pense ; vos amis le désirent vivement.

Vous rencontrerez beaucoup d'obstacles auxquels vous étiez loin de vous attendre.

Souvent il vous arrivera de faire de fausses spéculations.

Tenez-vous en garde, souvent on vous tendra des piéges.

N'ajoutez pas une foi entière aux conseils qu'on peut vous donner.

Vous ferez une perte, qu'avec toute la prudence on n'aurait jamais pu éviter.

Vous aurez long-temps à faire à une femme de mauvaise foi, que vous croyez honnête.

On vous fera des offres de société que vous rejetterez.

Une imprévoyance vous coûtera bien cher.

Plusieurs fois on cherchera à profiter de votre inexpérience.

Vous prêterez de l'argent à une personne qui vous le niera.

Un faux ami voudra vous porter à faire une fausse spéculation.

Vous signerez un traité qui vous compromettra.

Un étranger que le hasard vous fera rencontrer, vous vaudra un grand profit.

Vous croirez avoir fait une bonne vente, et vous aurez tout perdu.

Vous veillerez bien, mais quoi que vous fassiez vous serez volée.

Figures.	
0000 | 0000 | 0000 | 0000	Je le crois, et mon espérance ne sera point vaine.
000 | 0000 | 0000 | 000	Vos belles qualités et vos vertus, sont un sûr garant de ce que vous désirez.
000 | 0000 | 0000 | 000	Vous serez heureuse par lui, et lui le sera par vous.
00 0 | 0000 | 0000 | 00 0	Vous obtiendrez de lui ce que vous voudrez, parce que vos désirs seront toujours justes.
0 00 | 0000 | 0000 | 0 00	Vous le rendrez sans doute tel, et vous en retirerez le fruit.
0 0 | 0000 | 0000 | 0 0	Il ne dépend pas de lui d'être l'un, ni de faire l'autre.
0 0 | 0000 | 0000 | 0 0	Votre caractère et votre conduite détermineront l'un et l'autre.
00 | 0000 | 0000 | 00	Votre honneur bizarre vous privera de tous les avantages.
00 | 0000 | 0000 | 00	Il le serait, vous ne le jugeriez point tel.
00 | 0000 | 0000 | 00	Tout git dans l'imagination : c'est là toute ma réponse.
0 0 | 0000 | 0000 | 0 0	Soyez juste et raisonnable, et vos vœux seront remplis.
0 | 0000 | 0000 | 0	Il fera tout pour vous, et vous ne serez point satisfaite.
0 | 0000 | 0000 | 0	Qu'importe, vous ne saurez pas l'apprécier.
0 | 0000 | 0000 | 0	Vous seriez heureuse avec lui, si vous aviez d'autres principes.
0 | 0000 | 0000 | 0	Oui ; mais pas à votre égard.
0000 | 0000	Ne vous en inquiétez pas, il fera tout ce que vous voudrez.

Toute personne qui fait cette question a éprouvé ou éprouve les effets de cette passion.

Ces deux sentimens ont leur commencement, leur milieu et leur fin.

Une parole seule, un regard, un rien suffit pour lui donner naissance.

C'est une maladie bien cruelle ; mais dont on guérit avec le temps.

Elle naît d'une injuste préférence, ou qu'on croit telle.

C'est un sentiment secret dont la cause est toujours présente à la pensée.

Vous enviez le sort de votre rivale ; elle vous fait éprouver ce que vous désirez connnaître.

L'amour et l'amour-propre blessés à la fois exercent fortement cette passion.

Hommes et femmes, tous lui ont payé ou lui payent encore tribut.

L'amour peut vivre sans la jalousie, mais non la jalousie sans l'amour.

On aime à inspirer ce sentiment, mais non à l'éprouver soi-même.

Vous la trouverez dans l'objet dont on trahi l'amour.

Voyez sa douleur. Qui cause son chagrin ? un rival dangereux.

Souriez à un autre agréablement, et vous verrez ce serpent se glisser dans son sein.

L'amour faisait hier mon bonheur ; jalousie fait aujourd'hui mon tourment.

C'est votre inconstance, Iris ; vous le sauriez si vous sentiez ce que vous me faites éprouver.

L'expérience démontrera quel cas vous devez faire de ce qu'on vous fait espérer.

Il en a plus d'envie encore qu'il ne le manifeste.

Croyez au premier, mais non au dernier.

Il brûle d'impatience : les désirs de tous les deux seront remplis.

Il veut vous éprouver, usez de représailles.

Ne soyez ni faible, ni crédule, c'est le moyen de réussir.

Son désir satisfait, il ne pensera plus à vous.

Il ne vous promet l'un que pour obtenir l'autre.

Il en a l'intention, mais vous aurez plus à perdre qu'à gagner.

Méfiez-vous de ses sermens ; on en est prodigue quand on aime.

Pourquoi vous en informer ! vous ne le saurez que trop.

Tout ce qu'on vous fait espérer sera, mais non comme vous le désirez.

Il sera fidèle à ses promesses, et il ne s'en tiendra pas là.

Espérez sans crainte : l'honneur et l'amour vont ici ensemble.

Il s'y rendra, n'en doutez pas, si son amour le guide.

Mais de quoi vous inquiétez-vous ! Il le désire plus que vous.

Vous avez tout ce qu'il faut pour plaire , mais autre chose est de toucher.

Gardez-vous d'en douter.

Vous plairez d'abord , mais vous serez délaissée.

Vous parviendrez à enchaîner bien des cœurs.

Plusieurs circonstances seront favorables à vos désirs.

Profitez de vos beaux jours, vous pouvez en tirer un bon parti.

Partout, en vous montrant, vous attirerez sur vous les regards.

Vous aurez à vous féliciter de l'avoir emporté sur mille.

Chacun sentira le pouvoir de vos charmes.

En vain un homme brun voudra éviter le trait dont il sera percé en vous voyant.

Vous plairez sans doute , et plus d'une fois vous en serez fâchée.

Et quoi ! pourriez-vous encore ignorer ce que chacun sait ?

Il n'y a pas de doute , si vous réunissez les qualités convenables.

Votre fierté et votre amour pour le luxe ne plairont pas à tout le monde.

Vous pouvez le croire , votre espérance ne sera point trompée.

Toujours on aura du plaisir à vous voir et à penser à vous.

Figures.	
0000 | 0000 | 0000 | 0000	Qui pourrait assurer ce que vous désirez savoir!
000 | 0000 | 0000 | 000	La chose est bien douteuse, encore faut-il que vous ayez raison.
000 | 0000 | 0000 | 000	Ne vous fiez pas à la justice des hommes, elle est souvent en défaut.
00 0 | 0000 | 0000 | 00 0	Si vous avez la justice pour vous, vous aurez peut-être les juges aussi.
0 00 | 0000 | 0000 | 0 00	Après de longs débats, et beaucoup de frais, vous serez condamnée.
0 0 | 0000 | 0000 | 0 0	Ce n'est pas assez d'avoir raison, il faut la faire triompher.
0 0 | 0000 | 0000 | 0 0	Si votre cause est bonne, elle peut devenir mauvaise : attendez le jugement.
00 | 0000 | 0000 | 00	Il ne faut pas tout vous ravir ; on vous laisse l'espérance.
00 | 0000 | 0000 | 00	Si je ne me trompe, vous gagnerez, c'est vous dire que tout est incertain.
00 | 0000 | 0000 | 00	Vous aurez affaire à un homme puissant qui peut faire pencher la balance.
0 0 | 0000 | 0000 | 0 0	Vous défendez une mauvaise cause : vous la perdrez.
0 | 0000 | 0000 | 0	Si vous avez bien pris vos mesures, vous gagnerez.
0 | 0000 | 0000 | 0	Qui plaide à tort, qui gagne perd : je dis la vérité.
0 | 0000 | 0000 | 0	Il n'y a qu'un moyen, employez-le, et le succès est certain.
0 | 0 00 | 0000 | 0	Consultez pour cela un avocat intègre, et s'il dit *eu* , doutez encore.
0000 | 0000	Attendez le résul at ; alors seulement vous pourrez compter sur quelque chose.

Les ans même épargneront un assemblage si
beau.

Il n'y a pas de doute, si aucun accident ne
survient.

Vous, mieux que personne, devez savoir ce qu'il
en sera.

Vous remplacerez ces dons par des qualités plus
précieuses encore.

Rien, dans la nature, n'est à l'abri des injures
du temps.

Vos craintes sont fondées ; vous pouvez en re-
tarder l'époque.

Funeste sort! voir détruire un si bel ouvrage!

Ah combien de temps encore vous aurez droit
à nos hommages !

Pourquoi ajouter tant de prix à ce qui est pé-
rissable ?

Vous maudirez quelquefois ce qui vous plaît
tant aujourd'hui.

Il faut que je vous afflige pour vouloir vous satisfaire.

Vos charmes sont comme la rosée qui s'évapore
aux premiers rayons du soleil

Tous les agrémens du corps passent, ceux de
l'esprit seuls restent.

Chacun vante vos attraits, on en parlera long-
temps encore.

Tout naît et meurt, consolez-vous, tout est la
proie du temps.

Ne craignez rien, vos traits
gravés dans la pen

A ce prix vous ne voudriez point régner sur son cœur.

Cette promesse est comme un brin de poussière que le plus léger souffle emporte.

Pour le croire exiger d'autres garanties.

Il faut toujours se défier d'un serment d'amour.

Jugez de lui comme vous pourriez juger de vous-même.

On croit pouvoir aimer toujours, et l'on n'aime qu'un instant.

Il vous parle franchement ; mais il ne sait comment il pensera demain.

Tout s'affaiblit, tout meurt : l'amour n'est point excepté.

Il vous dira que oui, et il vous parlera peut-être franchement.

Mais ce qu'il vous promet, il l'a promis à tant d'autres.

Est-il un amant qui ne dise : *je vous aimerai toujours.*

Il vous promettra aujourd'hui ce qu'il niera demain.

Ne vous laissez point abuser par de vaines promesses.

Soyez sur vos gardes ; il compte sur votre crédulité.

On s'engage toujours quand on ne risque rien.

Plus il cherche à vous persuader, plus vous devez vous en méfier.

Figures	
oooo oooo oooo oooo	On vous blâme, on vous loue, on vous chérit, on vous déteste.
ooo oooo oooo ooo	Une femme brune vous déchire, une blonde prend votre défense.
ooo oooo oooo ooo	Telle personne feint d'être votre amie, qui vous trahit sans pitié.
oo o oooo oooo oo o	Une intrigante joue le rôle d'espion auprès de vous, méfiez-vous-en.
o oo oooo oooo o oo	On dit que vous êtes jolie, mais que vous êtes trop entichée de votre beauté.
o o oooo oooo o o	On vous attribue l'esprit de la coquetterie.
o o oooo oooo o o	Que difficilement on parvient à s'insinuer dans votre esprit.
oo oooo oooo oo	Que vous avez refusé des propositions bien avantageuses.
oo oooo oooo oo	On vous attribue un fait dont personne n'ose vous parler.
oo oooo oooo oo	Qu'un ami trop zélé a nui beaucoup à vos intérêts.
o o oooo oooo o o	On loue partout votre désintéressement, mais on blâme votre légèreté.
o oooo oooo o	Que vous avez peu de dévotion, quoique vous paraissiez religieuse.
o oooo oooo o	Vous êtes entourée de flatteurs : un seul vous parle avec franchise.
o oooo oooo o	Que votre caractère s'oppose à ce que vous soyez heureuse.
o oooo oooo o	Que vous cherchez à faire prendre le change sur ce qui occupe votre pensée.
oooo oooo	Vous avez fait une confidence qui vous cause du chagrin.

Figures	
(figure)	Vos craintes sont très-fondées : vous ne pouviez pas le prévoir.
(figure)	Écoutez les conseils de la raison sur le danger qui vous menace.
(figure)	En fait d'amour on est peut délicat ; c'est à celui qui peut jouer l'autre.
(figure)	Il faut l'éloigner, ou vous attendre à voir arriver ce que vous redoutez.
(figure)	Vous vous plaisez dans le danger ; vous serez victime.
(figure)	Elle vous supplantera sans le chercher et sans le vouloir.
(figure)	Elle vous fera bien des protestations, mais gardez-vous de la croire sincère.
(figure)	Ses caresses ne tendent qu'à vous faire prendre le change.
(figure)	Défiez-vous de tout le monde ; on vous trahira en vous faisant un serment.
(figure)	Qui dit une rivale, dit une ennemie ; il faut s'en débarrasser.
(figure)	Que faire quand on craint ? écarter les obstacles.
(figure)	Il faut sacrifier l'un pour pouvoir sauver l'autre.
(figure)	Son attachement pour vous répond de ses actions.
(figure)	Trop de défiance nuit au bonheur.
(figure)	Quoique vous fassiez, tout ira à sa destinée.
(figure)	Qui doute, craint ; qui craint, doit prendre son parti.

Figures.	
0000 | 0000 | 0000 | 0000	Soyez ce que vous fûtes, ou ce que vous dûtes être au commencement de votre mariage.
000 | 0000 | 0000 | 000	Pour cela n'employez aucun art, laissez agir le cœur; cela suffit s'il est sincère.
000 | 0000 | 0000 | 000	Montrez en tout et partout une humeur toujours égale.
0 00 | 0000 | 0000 | 0 00	Ne demandez que ce qui est juste et raisonnable, sans avoir l'air de rien exiger.
0 00 | 0000 | 0000 | 0 00	Qu'elle fasse de manière qu'il puisse la considérer comme sa meilleure amie.
0 0 | 0000 | 0000 | 0 0	Qu'elle soit sans cesse occupée de ce qui peut lui être le plus agréable.
0 0 | 0000 | 0000 | 0 0	Qu'elle prouve qu'elle se trouve plus agréablement auprès de lui que partout ailleurs.
00 | 0000 | 0000 | 00	Que les égards auxquels elle a droit de prétendre sont fondés sur l'estime.
00 | 0000 | 0000 | 00	Il faut l'aimer sans réserve, et partager ses chagrins et ses travaux.
00 | 0000 | 0000 | 00	Faire par amitié, et non par calcul, tout ce qu'on juge devoir lui plaire.
0 0 | 0000 | 0000 | 0 0	N'avoir, dans tous les cas, à lui opposer que les armes de la raison.
0 | 0000 | 0000 | 0	Douce et prudente, ne lui parlez jamais que le langage de l'amitié.
0 | 0000 | 0000 | 0	Qu'elle fasse régner constamment l'ordre et la paix dans sa maison.
0 | 0000 | 0000 | 0	Qu'elle aime ses enfans, si elle en a, et leur donne bon exemple.
0 | 0000 | 0000 | 0	Qu'il ne puisse jamais douter de la délicatesse de ses sentimens.
0000 | 0000	Qu'elle soit partout et pour tous un vrai modèle de vertu.

4 *

Figures.	
0000 | 0000 | 0000 | 0000	N'accordez aucune faveur, si vous ne voulez perdre toute espérance.
000 | 0000 | 0000 | 000	Il renoncera à vous, s'il vous juge facile et légère.
000 | 0000 | 0000 | 000	Vous aurez tout perdu, s'il vous croit défavorablement.
00 0 | 0000 | 0000 | 00 0	Une minute suffit pour perdre ce qu'il a fallu tant de temps pour gagner.
0 00 | 0000 | 0000 | 0 00	Il s'en trouve à peine un sur dix qui épouse sa maitresse.
0 0 | 0000 | 0000 | 0 0	Bientôt on cesse d'aimer, si l'on ne peut plus estimer.
0 0 | 0000 | 0000 | 0 0	Résistez, s'il vous presse, c'est le seul moyen d'arriver à votre but.
00 | 0000 | 0000 | 00	Ordinairement la passion stisfaite, le prestige est détruit.
00 | 0000 | 0000 | 00	Ce n'est qu'en refusant que vous serez fondée à croire et à espérer.
00 | 0000 | 0000 | 00	Tout amour qui n'est pas fondé sur l'estime s'évapore comme la fumée.
0 0 | 0000 | 0000 | 0 0	Qu'espérer encore de celle qui a voulu tout perdre.
0 | 0000 | 0000 | 0	Qu'il sache que vous l'aimez, c'est tout ce que vous devez faire pour lui être agréable.
0 | 0000 | 0000 | 0	S'il vous estime, il ne vous demandera pas ce que vous ne pouvez encore lui accorder.
0 | 0000 | 0000 | 0	Vous ne pouvez plus compter sur celui qui fait l'essai de votre faiblesse.
0 | 0000 | 0000 | 0	C'est un piége qu'on vous tend, tout est perdu, si vous tombez dedans.
0000 | 0000	Ne lui accordez rien, et vos vœux seront remplis.

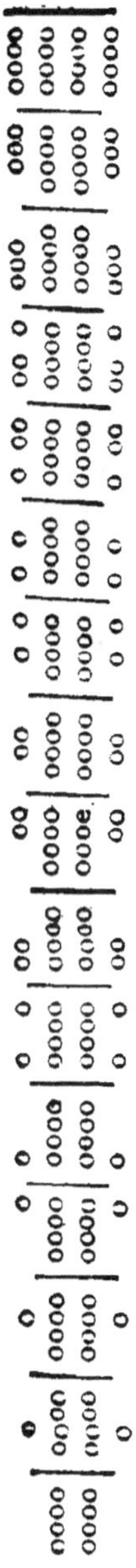

Oui, mais adressez-vous au plus vertueux des hommes.

Celui-là seul qui est pénétré de la sainteté de son ministère.

Vous n'avez à prendre conseil que de vous-même.

Celui-là seul est digne de votre confiance, qui agit par conviction.

Vous justifierez ainsi la plus sage des institutions.

Je suis bien aise de lever vos scrupules, en vous le conseillant.

Oui, mais ne vous pressez pas, il est si difficile de faire un digne choix.

Si c'est votre penchant, suivez-le sans hésiter.

On n'a pas besoin de conseil s'il s'agit d'une bonne action.

Comment déconseiller ce qui peut être si utile.

Tout ce qui peut tranquilliser l'esprit est un bien, et je l'approuve.

Cette pensée est louable, on ne peut que l'approuver.

Qui n'approuverait un tel dessein ?

Mais de quelle confession voulez-vous parler ? Refaites le jeu.

Faites en tout ce que votre conscience vous conseille.

Choisissez celui dont le zèle est guidé par la conscience.

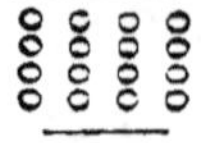

Ce que vous éprouvez est un mal commun, on doit s'y attendre.

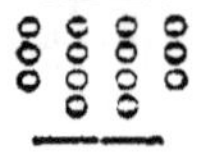

De quoi vous plaignez-vous! combien d'autres voudraient être à votre place.

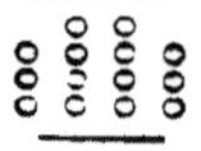

Ne jouez plus avec cet enfant malin qui ne fait qu'égratigner.

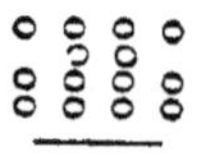

Employez le remède que vous connaissez si bien.

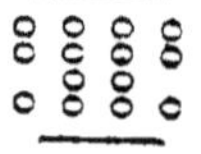

Cette maladie n'est pas mortelle, vous n'avez pas besoin de médecin.

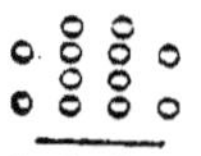

Chacun lui paye son tribut, vous payez aujourd'hui le vôtre.

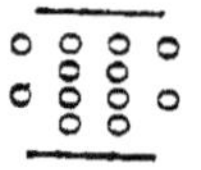

Il vous dicte la loi, obéissez sans vous plaindre.

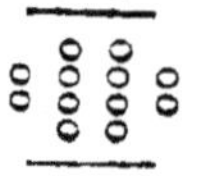

C'est un feu qui dévore, mais qui s'éteint avec le temps.

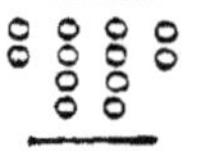

J'ai pitié de vous vraiment, cherchez à vous distraire.

C'est un petit malheur, il faut vous consoler.

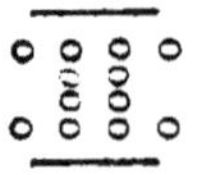

N'en parlez point, on s'en amuserait.

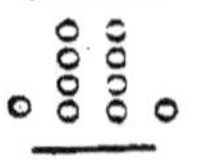

C'est un traître qui vous surprend sans qu'on y pense.

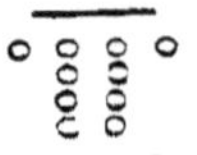

Il faut le laisser faire, il finira par se lasser.

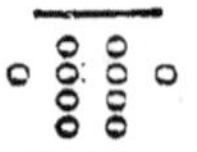

Il rit de vos menaces, il se joue de vos desseins.

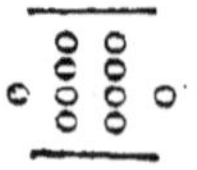

Chassez-le, et appelez la raison auprès de vous.

Je ne sais que vous dire, vous ne suivrez pas mes conseils.

Que vous fuyiez ou non, son image vous poursuivra partout.

En vous éloignant, vous emporterez le trait qui vous a blessée.

C'est peine inutile, restez, le temps fera tout oublier.

Plus vous en serez éloignée, plus vous penserez à lui.

Le bonheur que vous cherchez est une vraie chimère.

En cherchant la solitude, si vous pouviez au moins passer le fleuve de l'oubli !...

Ne fuyez point, mais tâchez d'éviter sa présence.

Arrachez le trait qui vous a blessée, voilà le seul remède.

La pensée vous rendra toujours présent celui que vous fuyez.

Qu'allez-vous faire ? vous ne ferez qu'aggraver vos maux.

L'idée de son ingratitude peut seule adoucir vos peines.

Vous fuiriez, et il ne cesserait d'être auprès de vous.

Le temps seul pourra cicatriser votre blessure.

La fuite est un triste moyen pour guérir son imagination.

Fuyez, si vous voulez, mais prenez pour réussir un compagnon de voyage.

Dans votre retraite vous ne le verrez plus, mais vous penserez toujours a lui.

Figures.	
0000 0000 0000 0000	Une personne ferme rit de semblables suppositions.
000 0000 0000 000	Demandez plutôt si l'on peut aimer un rocher.
000 0000 0000 000	Votre imagination frappée enfante des chimères.
0 00 0000 0000 0 00	Ce serait une folie que la raison condamne.
00 0 0000 0000 0 00	On se moquerait de vous si l'on vous croyait aussi crédule.
0 0 0000 0000 0 0	Peut-on raisonnablement y ajouter quelque foi !
0 0 0000 0000 0 0	Qu'un enfant l'espère, il est excusable ; mais vous, non.
00 0000 0000 00	A-t-on vu quelquefois se réaliser les illusions de la nuit !
00 0000 0000 00	Les morts ne reviennent pas ; on l'a dit dans tous les temps.
00 0000 0000 00	Ne craignez point les morts, mais redoutez les vivans.
0 0 0000 0000 0 0	Laissez-là vos rêveries indignes d'un être pensant.
0 0000 0000 0	Que de gens ruinés à cause de leur imbécillité.
0 0000 0000 0	Méfiez-vous de celui qui vous répondrait affirmativement.
0 0000 0000 0	La raison s'indigne d'une telle faiblesse.
0 0000 0000 0	On ne vous attribuerait aucun discernement.
0000 0000	Si je vous disais oui, je passerais moi-même pour un fou.

Oui, sans doute, si vos désirs sont raisonnables.

Si vous ne demandez que ce qu'il peut vous accorder.

Il dépend de vous qu'il soit très-complaisant.

Mais pour cela il ne faut pas que vos prétentions
soient absurdes.

Mais quel sera alors le terme de vos désirs !
Refaites le jeu.

Vous obtiendrez tout ce qu'il vous aura promis.

Soyez toujours aimable, et toujours vous serez
aimée.

Soins et vigilance en toutes choses vous éta-
bliront bien dans son esprit.

Il faut toujours avoir l'air de lui savoir gré de
la moindre complaisance.

Pour tout obtenir il ne faut rien exiger.

Cela dépend de votre savoir-faire.

Ne désirez rien qu'il ne soit à son pouvoir de
vous accorder.

Ayez son amitié et son estime, et vous aurez
plus que vous n'avez désiré.

Il n'aura rien à vous refuser si vous méritez
toute sa confiance.

Toujours vous règnerez sur lui par vos vertus et
vos appas.

N'en ayez aucun doute, gardez-vous surtout de
le manifester.

Figures.	
0000 0000 0000 0000	Il y a du danger ; mais la chose n'est pas impossible.
000 0000 0000 000	Pour cela il faut beaucoup d'adresse et de patience.
000 0000 0000 000	Protestez avec serment qu'il n'en est rien, et vous finirez peut-être par être crue.
0 00 0000 0000 0 00	Ne négligez rien, et vous réussirez.
00 0 0000 0000 00 0	Vos larmes le toucheront, et vous reprendrez votre empire.
0 0 0000 0000 0 0	L'amour et l'amour-propre blessés à la fois pardonnent rarement.
0 0 0000 0000 0 0	Donnez des raisons ; mauvaises, il les écoutera ; bonnes, il vous croira.
00 0000 0000 00	N'employez pour cela aucun intermédiaire, agissez seule.
00 0000 0000 00	Une amie en pareil cas peut vous être d'un grand secours.
00 0000 0000 00	On oubliera tout si vous pouvez établir que vous avez été surprise.
0 0 0000 0000 0 0	Une fois on vous pardonnera ; mais désespérez en cas de récidive.
0 0000 0000 0	Vous avez assez d'adresse pour vous tirer de ce mauvais pas.
0 0000 0000 0	Employez pour cela une personne qui ait toute sa confiance.
0 0000 0000 0	Difficilement vous parviendrez à dissiper toutes ses préventions.
0 0000 0000 0	Parlez avec franchise, avouez votre faute, ce moyen peut réussir.
0000 0000	Soyez sans crainte ; on oublie sans peine une première erreur.

C'est le jugement que chacun en porte , et c'est avec raison.

Qui se livre à leur étude , se prépare des plaisirs infinis.

Heureux qui en a le goût et les cultive avec succès.

Honneur à celui qui , par son pinceau , retrace à notre vue un objet chéri.

Gloire à celui qui , par ses accords , anime , pour ainsi dire , un corps muet et inanimé.

Elles donnent l'une et l'autre de l'élévation à l'ame et de l'activité à la pensée.

Utilité et agrément pour la société , voilà ce qui en résulte.

Celui qui cultive ces beaux-arts est bien accueilli partout.

Accompagné d'eux , partout on vous reçoit avec empressement.

Quel relief ne donnent-elles pas aux qualités physiques ?

Cette belle passion exclut et repousse toutes les autres.

Comme on se prévient facilement pour celui qui sait nous plaire et nous toucher en même temps !

Quel plus beau triomphe de l'amour-propre d'être écouté et admiré !

Par elles on est heureux , elles tiennent lieu de tout autre bien.

Elles nous amusent au-dedans, et nous font re-chercher au dehors.

Écoutez ce qu'on dit à cet égard, et vous appré-cierez les avantages qui en résultent.

Figures.	
0000 / 0000 / 0000 / 0000	Pourquoi hésitez-vous, si vous y trouvez votre plaisir !
000 / 0000 / 0000 / 000	Défiez-vous de lui, vous ne connaissez pas le cœur humain.
000 / 0000 / 0000 / 000	Vous ne suivriez pas mes conseils s'ils n'étaient pas conformes à vos désirs.
00 0 / 0000 / 0000 / 00 0	Vous avez droit d'en douter, peu d'hommes à cet égard parlent avec franchise.
0 00 / 0000 / 0000 / 0 00	Il ne faut pas hésiter, il brûle d'amour pour vous.
0 0 / 0000 / 0000 / 0 0	Ne croyez pas à ses sermens, la passion n'a rien de sacré.
0 0 / 0000 / 0000 / 0 0	Les promesses ne sont rien, il faut des garanties.
00 / 0000 / 0000 / 00	Mais quel en sera le résultat! plaisir et peine à la fois.
00 / 0000 / 0000 / 00	Il faut faire semblant, et prendre vos précautions.
00 / 0000 / 0000 / 00	Il faut y songer dix fois; retardez et puis retardez encore.
0 0 / 0000 / 0000 / 0 0	Il peut être de bonne foi: croyez-le, ne le croyez pas.
0 / 0000 / 0000 / 0	Il promet plus qu'il ne doit, ainsi ne vous promettez rien.
0 / 0000 / 0000 / 0	Vous avez fait espérer, allez-y; mais restez en défense.
0 / 0000 / 0000 / 0	Vous en seriez fâchée; voyez le motif qui le guide.
0 / 0000 / 0000 / 0	Sa demande et ses promesses doivent rester et resteront sans effet.
0000 / 0000	Ne balancez pas, vous en seriez fâchée, agissant autrement.

Cette question est très-importante : il faut refaire le jeu.

La vertu dans ces lieux occupe la dernière place.

Femmes et filles ne trouvent rien de bon à y gagner.

On peut y aller chaste, mais on n'en revient pas toujours le cœur bien pur.

On y trouve des flatteurs et rarement de vrais amis.

Les plaisirs vous accompagnent en y allant, et presque toujours les regrets en revenant.

On y marche sur des roses qui cachent des serpens.

L'envie, la médisance, la jalousie, etc., vous passent tour à tour en revue.

L'innocence y trouve souvent son tombeau.

L'odeur des parfums empoisonne l'air qu'on y respire.

Que peuvent gagner les mœurs dans l'asile de la corruption ?

Les plaisirs qu'on y trouve sont achetés bien chèrement.

L'amour du luxe est le moindre inconvénient qui en résulte.

N'a que le goût de la frivolité celle qui ne se plaît que dans ces lieux.

Dussiez-vous n'y porter que des sentimens honnêtes, toujours on vous blâmera.

Fuyez, fuyez tous les endroits où la vertu est en péril.

Qui peut vous satisfaire sur cette question !

C'est le but du mariage, n'en doutez nullement.

Cette question annonce un désir qui fait votre éloge.

Est-il une jouissance plus grande pour une bonne mère !

Vos vœux seront remplis sous tous les rapports.

Votre mari sera complaisant et vous aimera tendrement.

Vous serez heureux, mais parfois vous éprouverez des chagrins.

Il n'y a point de plaisir sans peine, c'est la loi des compensations.

Vous trouverez dans votre bonheur même des sujets d'affliction.

Vons ne le serez réellement qu'autant que vous croirez l'être.

Rien ne vous manquera, et vos désirs ne seront pas satisfaits.

Soyez douce et complaisante, et vous serez ce que vous désirez être.

Qui mieux que vous peut prétendre à cet avantage !

Étudiez son caractère et vous vous applaudirez de vous y être conformée.

Vos enfans seront pour vous une source intarissable de plaisirs.

Vous saurez apprécier votre sort, et n'envierez point celui d'autrui.

Ce désir annonce que déjà vous en connaissez le secret.

Écoutez vos inspirations, suivez les mouvemens de votre cœur.

Vous ignorez ce que chacun sait, et dont on aime à s'entretenir.

N'employez aucun art, laissez agir la nature.

Qui vous connait le dira assez, n'en soyez point en peine.

Plus vertueuse, s'il est possible, vous serez plus aimable encore.

Vous avez tout ce qu'il faut, ce qui doit exclure tout nouveau désir.

Bornez-là vos vœux, vous êtes assez bien partagée.

Vous ne savez sans doute pas que déjà tous les cœurs sont à vous.

Vous n'avez plus rien à désirer, ni rien à ajouter à vos précieuses qualités.

L'expérience vous manque, vous en acquérez tous les jours.

Tout ce que vous entendez ne prouve-t-il pas le vif intérêt qu'on vous porte ?

Soyez honnête et polie, aimez le travail et l'économie.

Et si l'on vous dit que rien ne vous manque, serez-vous satisfaite ?

En vous entendant, on se rappelle cet axiome, que plus on a et plus on désire avoir.

A vos nombreuses qualités vous n'avez plus rien à ajouter que le désintéressement.

Figures.	
0000 0000 0000 0000	Chaque âge a ses plaisirs, vous aurez le temps d'y penser.
000 0000 0000 000	On ne peut rien affirmer ; mais la chose est vraisemblable.
000 0000 0000 000	Pourquoi s'en inquiéter ? profitez des avantages du vôtre.
00 0 0000 0000 00 0	C'est folie d'y penser ; n'anticipez jamais votre âge.
0 00 0000 0000 0 00	Vos goûts seront alors tout opposés à ceux que vous avez aujourd'hui.
0 0 0000 0000 0 0	Vous louerez le temps passé, et vous critiquerez le présent.
0 0 0000 0000 0 0	Oui, et quand vous y serez vous penserez à votre jeunesse, comme aujourd'hui à votre vieillesse.
00 0000 0000 00	Ainsi va le monde, vieux on repousse ce que jeune on recherche.
00 0000 0000 00	On vous voit rire à présent, on vous entendra gronder alors.
00 0000 0000 00	Vos grâces vous font rechercher aujourd'hui, alors ce sera votre esprit.
0 0 0000 0000 0 0	Vous demandez maintenant des conseils que vous donnerez alors.
0 0000 0000 0	Le respect, les égards, sont surtout réservés à cet âge.
0 0000 0000 0	Vieillissez, vous jouirez de vous voir renaître dans vos petits-enfans.
0 0000 0000 0	On vous écoutera : alors votre suffrage prévaudra.
0 0000 0000 0	L'amour qu'on a pour vous aujourd'hui sera changé en amitié alors.
0000 0000	Observez la tempérance, et vous recueillerez les fruits de la vieillesse.

Figures.	
0000 / 0000 / 0000 / 0000	Le cœur humain est ainsi fait ; on oublie facilement le bien et jamais le mal qu'on vous fait.
000 / 0000 / 0000 / 000	La chose est très-douteuse.
000 / 0000 / 0000 / 000	Pardonne rarement celui qui a été grièvement offensé.
0 00 / 0000 / 0000 / 0 00	Je crains que vous n'ayez perdu pour toujours son estime et son amitié.
00 0 / 0000 / 0000 / 00 0	Il ne faut rien négliger et peut-être vous réussirez.
0 0 / 0000 / 0000 / 0 0	Il est bon et généreux, peut-être il se laissera fléchir.
0 0 / 0000 / 0000 / 0 0	C'est peine perdue, il faut néanmoins vous satisfaire.
00 / 0000 / 0000 / 00	Consolez-vous, il ne reviendra pas sur le parti qu'il a pris.
00 / 0000 / 0000 / 00	Croyez qu'on ne l'offensa jamais impunément.
00 / 0000 / 0000 / 00	Ayez recours aux larmes, il n'y a que ce moyen à employer.
0 0 / 0000 / 0000 / 0 0	Il ne vous écoutera pas ; il est très entêté ; il se croit trop offensé.
0 / 0000 / 0000 / 0	Attendez, pour le calmer, encore quelque temps.
0 / 0000 / 0000 / 0	Employez un ami qui ait du crédit sur son esprit.
0 / 0000 / 0000 / 0	Il croit son honneur extrêmement compromis.
0 / 0000 / 0000 / 0	Il vous repousse plus par amour-propre que par haine.
0000 / 0000	Prouvez que votre cœur n'a eu aucune part à l'offense.

Figures.	
oooo oooo oooo	Il n'y a point de motif qui puisse y mettre obstacle.
ooo oooo ooo	Dans cette position on en sent plus particulièrement le besoin.
ooo oooo ooo	S'ils ont des enfans, la chose est presque indispensable.
o oooo o / oo oooo oo	Cet état de privation réclame fortement un appui.
oo oooo oo / o oooo o	Ce n'est que par un nouveau lien qu'ils peuvent oublier la perte qu'ils ont faite.
o oooo o / o oooo o	Instruits par l'expérience, ils feront un digne choix.
o oooo o / o oooo o	Ce parti est presque toujours commandé par le besoin.
oo oooo oo	Aucune loi ne les condamne à une viduité éternelle.
oo oooo oo	Redevenus libres, ils sont maîtres de leurs actions.
oo oooo oo	S'il en était autrement, le vœu de la nature ne serait point rempli.
o oooo o / o oooo o	Les préjugés ne doivent mettre aucun obstacle à leurs desseins.
o oooo o	Comment s'accommoder à la volonté de tous ?
o oooo oooo o	On écoute tout le monde, mais on ne prend conseil que de la raison.
o oooo oooo o	Que faire isolés dans le monde et réduits à la moitié d'eux-mêmes !
o oooo oooo o	Qu'ils sondent leur penchant et agissent d'après leurs besoins.
oooo oooo	Qu'on les approuve ou non, ils feront ce que bon leur semble.

Figures.	
0000 0000 0000 0000	Il vous l'a promis sans doute, mais n'y croyez pas tout-à-fait.
000 0000 0000 000	Vous en sentiriez encore mieux le prix, si vous aviez moins de droit à ses bienfaits.
000 0000 0000 000	Cette pensée vous suit partout. Quelle affliction si vous étiez éconduit ou éconduite !
00 0 0000 0000 00 0	Un bien en espérance est toujours un bien très-incertain.
0 00 0000 0000 0 00	Il pense à vous favoriser ; mais rien ne mettra-t-il obstacle à ses désirs ?
0 0 0000 0000 0 0	Que de chances à courir !... Il n'y faut compter que lorsque vous serez en possession.
0 0 0000 0000 0 0	Si vous avez le droit de croire à ses promesses, vous ne serez point trompée.
00 0000 0000 00	Sa bouche vous promet ce que son intention vous refuse.
00 0000 0000 00	Prenez bien garde, il le fait espérer à tant d'autres.
00 0000 0000 00	N'y croyez pas du tout, votre surprise n'en sera que plus agréable.
0 0 0000 0000 0 0	Quel compte il vous fait !... Méfiez-vous de ses promesses.
0 0000 0000 0	Prenez vos précautions, si vous ne voulez pas être trompé ou trompée dans votre attente.
0 0000 0000 0	Vous n'obtiendrez rien si vous n'y tenez constamment la main.
0 0000 0000 0	Il faut compter sur ce que l'on possède, et non sur ce qu'on vous fait espérer.
0 0000 0000 0	Votre esprit se repait d'une chimère, on vous dit ce qu'on ne pense pas.
0000 0000	Vous obtiendrez, ou vous n'obtiendrez pas, vivez sans crainte comme sans désirs.

Figures.	
0000 | 0000 | 0000 | 0000	Cette question est embarrassante, je ne sais que vous répondre.
000 | 0000 | 0000 | 000	Un confident discret est un ami bien précieux.
000 | 0000 | 0000 | 000	Réfléchissez avant de communiquer vos plus secrètes pensées.
00 0 | 0000 | 0000 | 00 0	Que de dangers vous avez à courir si vous prenez ce parti.
0 00 | 0000 | 00 00 | 00 0	Un ami discret se trouve difficilement.
0 0 | 0000 | 0000 | 0 0	Dans ce cas ne le cherchez que dans le sexe différent du vôtre.
0 0 | 0000 | 0000 | 0 0	Mais connaissez-le bien avant de vous ouvrir à lui.
00 | 0000 | 0000 | 00	La prudence exige de ne pas le choisir parmi ses parens.
00 | 0000 | 0000 | 00	Il y a là bien du danger, je vous le dis en conscience.
00 | 0000 | 0000 | 00	On se soulage en ouvrant son cœur, mais quel poids on ajoute à ses maux si l'on est trahi.
0 0 | 0000 | 0000 | 0 0	Il faut bien connaître celui à qui vous confierez vos plus secrètes pensées.
0 | 0000 | 0000 | 0	Pour répondre à votre question, il faudrait connaître les replis de son ame.
0 | 0000 | 0000 | 0	En vain vous me vantez sa discrétion, rien ne peut me convaincre.
0 | 0000 | 0000 | 0	Il faut l'étudier long-temps avant de vous confier entièrement à lui ou à elle.
0 | 0000 | 0000 | 0	Ne vous fiez point aux apparences, on est si souvent trompé !
. | 0000 | 0000	Retardez encore, je vous le dis et je vous le répète ; moi, je ne veux pas vous trahir.

Figures.	
0000 0000 0000 0000	Il n'y a pas à balancer ; que ce soit toujours utilement.
000 0000 0000 000	Chacun vous voit, chacun vous juge : que ce soit favorablement !
000 0000 0000 000	Toujours à faire le bien et à empêcher le mal.
0 00 0000 0000 0 00	Notre réputation dépend du jugement des hommes, et c'est notre conduite qui le règle.
0 00 0000 0000 0 00	Employez-le à des travaux futiles, on dira de vous, ah ! qu'elle est peu judicieuse !
0 0 0000 0000 0 0	Occupez-vous de choses utiles, on pensera que vous avez un esprit solide.
0 0 0000 0000 0 0	Qu'on vous voie aux promenades, à la comédie, au bal, on vous taxera de légèreté.
00 0000 0000 00	Fréquentez trop les églises, on pensera que vous êtes une bigote.
00 0000 0000 00	Donnez tout votre temps à la lecture, on dira que vous êtes un bel esprit.
00 0000 0000 00	Quoi que vous fassiez vous ne plairez jamais à tout le monde.
0 0 0000 0000 0 0	Faites ce qui peut vous plaire, et laissez parler chacun comme il voudra.
0 0000 0000 0	Le plus sage, à mon avis, écoute tout, ne dit mot et agit d'après sa conscience.
0 0000 0000 0	Faites tout pour le mieux, et l'on vous jugera comme on voudra.
0 0000 0000 0	Quel conseil vous donner ! que doit-on vous faire craindre ou espérer !
0 0000 0000 0	Ce qui plaît à l'un, déplait à l'autre : voilà les hommes.
0000 0000	Que vous importe le jugement des autres, si votre conscience ne vous reproche rien.

Figures.	
0000 / 0000 / 0000 / 0000	Je vous le garantis, et vous n'attendrez pas long-temps.
000 / 0000 / 0000 / 000	Vous recevrez une agréable nouvelle, mais il ne sera pas question d'argent.
000 / 0000 / 0000 / 000	Vous ne toucherez pas de sitôt l'argent qu'on vous a promis.
00 0 / 0000 / 0000 / 00 0	Vous avez dans une femme un ennemi bien dangereux ; elle s'y oppose.
0 00 / 0000 / 0000 / 0 00	On hésitera long-temps, enfin on se décidera.
0 0 / 0000 / 0000 / 0 0	Celui ou celle qui vous la remettra est un traître, méfiez-vous-en.
0 0 / 0000 / 0000 / 0 0	Ne la communiquez à personne, ou votre secret sera trahi.
00 / 0000 / 0000 / 00	Vous la perdrez et vous la chercherez en vain.
00 / 0000 / 0000 / 00	On vous demandera une réponse, pesez bien ce que vous aurez à dire.
00 / 0000 / 0000 / 00	Ne promettez rien de ce qu'on voudrait avoir.
0 0 / 0000 / 0000 / 0 0	Faites espérer que cela sera, sans vous y engager.
0 / 0000 / 0000 / 0	Vous ne recevrez qu'une partie de ce qui vous est dû.
0 / 0000 / 0000 / 0	On sollicitera un retard, votre intérêt exige que vous l'accordiez.
0 / 0000 / 0000 / 0	Méfiez-vous de ce qu'on vous annonce, ne vous pressez pas.
0 / 0000 / 0000 / 0	C'est une fausse déclaration, le temps vous l'apprendra.
0000 / 0000	Faites ce qu'il vous conseille, vous n'en serez pas fâchée.

Il le faut, mais ne vous pressez pas.

Vous trouverez un parti avantageux.

Plusieurs personnes vous demanderont en mariage.

Étudiez bien le caractère de celui qui, dans ce moment, vous fait la cour.

Il ne faut rien lui accorder ; ne lui laisser que l'espérance.

Le mariage, vous le savez, a un bon et un mauvais côté ; ne prenez conseil que de vous.

Ce sera dans peu, et plutôt que vous n'y pensez.

Votre position exige que vous contractiez un nouvel engagement.

Il n'y a pas à balancer ; que feriez-vous toute seule !

Vous savez ce qu'il en est ; il y a là peine et plaisir.

Déjà vous avez pris votre parti, et vous avez bien fait.

Vous épouserez un homme actif et laborieux, mais prompt et jaloux.

Oui, mais vous en serez fâchée, et ce sera en vain.

Plusieurs personnes se présenteront, et vous ne saurez à qui donner la préférence.

Vous êtes jeune encore et jolie, il ne faut pas vous presser, et vous ferez un bon choix.

Vous gagnerez à attendre, dussiez-vous attendre toute votre vie.

Figures.	
0000 | 0000 | 0000 | 0000	Quoique vous fassiez vous n'éviterez ni l'un ni l'autre.
000 | 0000 | 0000 | 000	Celui que vous croyez votre ami, vous trahira indignement.
000 | 0000 | 0000 | 000	Vous êtes sans défiance, et vous vous en repentirez.
00 0 | 0000 | 0000 | 00 0	Vos actions sont pures, mais la calomnie ne vous épargne pas.
0 00 | 0000 | 0000 | 0 00	Méfiez-vous de certaine femme qui a l'air de bien s'intéresser à vous.
0 0 | 0000 | 0000 | 0 0	Elle veut savoir ce que vous pensez, puis elle ira tout répéter.
0 0 | 0000 | 0000 | 0 0	Vous avez un espion continuellement autour de vous.
00 | 0000 | 0000 | 00	Ne croyez pas aux protestations de cet homme, il est faux et plus que faux.
00 | 0000 | 0000 | 00	Vous tomberez dans le piége : on ne confie pas ses secrets au premier venu.
00 | 0000 | 0000 | 00	Comment pourrez-vous l'éviter, vous êtes entourée de traîtres.
0 0 | 0000 | 0000 | 0 0	Oui, vous le serez ; la moitié des hommes sont des fripons.
0 | 0000 | 0000 | 0	Votre conduite est sans reproche, la calomnie saura néanmoins vous atteindre.
0 | 0000 | 0000 | 0	Il faudrait pour que cela n'arrivât pas, que vous n'eussiez à faire à qui que ce soit.
0 | 0000 | 0000 | 0	Mais vous ne savez pas que la moitié des hommes vit aux dépens des autres.
0 | 0000 | 0000 | 0	Vous aurez beau veiller, on sera plus habile encore que vous.
0000 | 0000	On dira du mal de vous : qui peut échapper à la médisance ?

Figures.	
0000 0000 0000 0000	Pour y réussir, je vous le prédis, vous aurez bien à faire.
000 0000 0000 000	La chose n'est pas impossible, mais je doute que vous réussissiez.
000 0000 0000 000	Le moyen le plus sûr est de l'aimer toujours.
0 00 0000 0000 0 00	Paraissez un peu jalouse, il se persuadera alors que vous l'aimez.
00 0 0000 0000 00 0	Soyez pour lui et avec lui comme le premier jour de votre mariage.
0 0 0000 0000 0 0	Il faut tous les jours renouveler vos caresses.
0 0 0000 0000 0 0	Éloignez de lui toute personne de votre sexe, aimable et jolie.
00 0000 0000 00	Accompagnez-le partout, et ne le perdez pas un instant de vue.
00 0000 0000 00	Il faut vous surveiller vous-même, et lui donner l'exemple de la fidélité.
00 0000 0000 00	Faites constamment vous même ce que vous désirez obtenir de lui.
0 0 0000 0000 0 0	Amour, fidélité, constance, voilà vos moyens de réussir.
0 0000 0000 0	Que d'art à employer pour n'avoir qu'un demi-succès !
0 0000 0000 0	Tout commence, tout finit, l'amour aussi meurt avec le temps.
0 0000 0000 0	C'est comme si vous vouliez arrêter un fleuve dans sa course.
0 0000 0000 0	Tout ce que vous ferez pour l'éviter sera en pure perte.
0000 0000	Vos charmes pourront le fixer, mais pour quelque temps seulement.

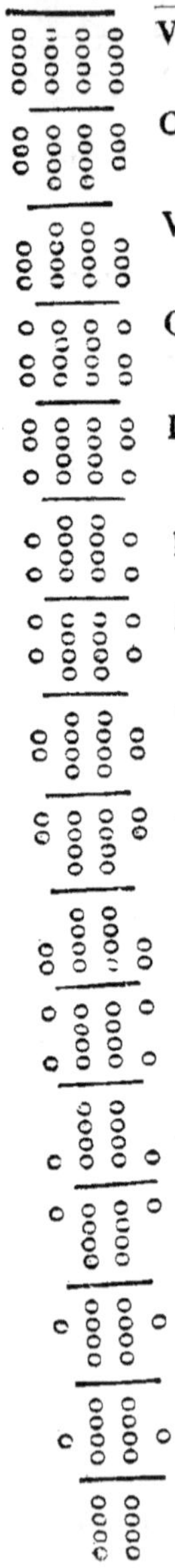

Vous pouvez l'espérer, mais gardez-vous de le croire.

Chacun trouve le sort de son prochain plus heureux que le sien.

Vous n'êtes pas malheureuse, mais seulement vous croyez l'être.

Changez de condition, n'en changez pas, il n'en sera ni plus ni moins.

Il faut vous satisfaire, mais votre sort n'en sera pas amélioré.

L'inconstance fait et fera toujours votre malheur.

La raison, les conseils, ne peuvent rien à l'égard d'une personne qui pense comme vous.

Tout naît et périt : tel objet qui vous plaît aujourd'hui, vous déplaira demain.

La nature nous a ainsi faits, tous nous désirons le changement.

Je dois vous dire que non, au risque de vous déplaire.

Vous cherchez un bonheur idéal, vous ne le trouverez nulle part.

N'en faites rien, vous vous trouveriez plus malheureux encore.

Votre imagination frappée vous fera tout voir en mal.

Chacun s'ennuie de ce qu'il a, et désire ce qu'il n'a pas et ne peut avoir.

Seulement vous croyez l'être, et toujours vous penserez ainsi.

Le bonheur n'est qu'un mot, il gît dans l'imagination.

Figures.	
0000 0000 0000 0000	De quoi vous inquiétez-vous ? c'est une folie d'y penser.
000 0000 0000 000	Cela peut arriver, et vous subirez la loi commune.
000 0000 0000 000	Mais quelle maladie ! il en est qu'on aime tant à avoir.
0 00 0000 0000 0 00	Vous l'éviterez sans doute si vous savez la prévenir.
00 0 0000 0000 00 0	Que trop, je vous le dis avec douleur, et je voudrais pouvoir m'en dispenser.
0 0 0000 0000 0 0	Déjà vous êtes malade par la crainte de le devenir.
0 0 0000 0000 0 0	Vous avez un esprit trop prévoyant, je ne suis, moi, ni sorcier, ni prophète : refaites le jeu.
00 0000 0000 00	Elle durera long-temps, mais ne craignez rien pour vos charmes.
00 0000 0000 00	Vous ferez une chute grave, et vous connaîtrez alors vos véritables amis.
00 0000 0000 00	Oui, mais chacun alors s'empressera de vous prêter aide et secours.
0 0 0000 0000 0 0	Votre crainte est insensée ; et votre prévoyance, inutile.
0 0000 0000 0	Oui, mais elle ne sera pas longue, et vous vous en porterez mieux.
0 0000 0000 0	Vous souffrirez quelque temps et vous n'y penserez plus.
0 0000 0000 0	Ce sera dans peu, mais il n'en restera rien de fâcheux.
0 0000 0000 0	N'y pensez pas, vous la devancez par vos craintes.
0000 0000	Votre santé est fragile, mais elle s'affermira avec le temps.

Pas aussitôt que vous le désirez.

Tout ira au gré de vos désirs.

On voudra, mais en vain, y mettre obstacle.

Cela serait, si vous n'étiez contrarié par un ennemi secret.

Cela est certain, prenez vos précautions.

Oui, et plutôt que vous ne l'imaginez.

On sera surpris, et on en rira beaucoup.

Que trop pour votre malheur, et vous ne sauriez l'empêcher.

Certainement, et vous auriez dû le prévoir.

Vous ne tarderez pas à l'apprendre.

Vous ne serez pas trompée dans votre attente.

Il n'en faut pas parler, c'est une erreur de le croire.

Vous devinez juste, et vous n'avez pas un instant à perdre.

Jamais ; la chose est impossible.

Pas précisément de la même manière, mais peu s'en faut.

Vous avez raison : le mal est fait, il n'y a plus de remède.

Figures.	
0000 0000 0000 0000	Vos désirs sont justes, et votre espérance ne sera point trompée.
000 0000 0000 000	Vous ne tarderez pas à voir vos vœux exaucés.
000 0000 0000 000	Mais faites tout pour cela, et le temps fera connaître le reste.
00 0 0000 0000 00 0	La chose est plus que vraisemblable.
0 00 0000 0000 0 00	Oui, et ils naîtront sous une heureuse étoile.
0 0 0000 0000 0 0	Qu'il vous en coûtera de peine pour les élever!
0 0 0000 0000 0 0	Vous désirez ce que bien des fois vous regretterez d'avoir obtenu.
00 0000 0000 00	Ils seront aimables et feront votre bonheur.
00 0000 0000 00	Combien de mères voudraient alors être à votre place.
00 0000 0000 00	Vous en perdrez un bien jeune encore.
0 0 0000 0000 0 0	Ils vous feront oublier les maux qu'ils vous auront causés.
0 0000 0000 0	Il en sera, hélas! bien autrement.
0 0000 0000 0	Non; mais consolez-vous, vous n'en serez que plus heureuse.
0 0000 0000 0	Le moment approche: quelle plus douce satisfaction pour vous!
0 0000 0000 0	N'en doutez pas, et ils croîtront en âge et en sagesse.
0000 0000	Ils feront vos délices et ils seront l'ornement de la société.

Vous allez l'apprendre : refaites le jeu.

Il en sera de vous comme de tous les autres ; attendez.

Votre vie s'éteindra, et votre corps se consumera.

N'ayez pas un tel souci, Dieu seul pourrait vous satisfaire.

Pensez plutôt comment vous serez dans ce monde.

Quel singulier souci ! vous n'aurez alors besoin de rien.

Nous sommes tous, à cet égard, sujets à la loi commune.

Vous n'avez qu'un instant pour vivre, et l'éternité pour dormir.

Ne soyez pas en peine de l'avenir, Dieu y pourvoira.

En vain vous cherchez à connaître un mystère impénétrable.

Le maître de l'univers est seul arbitre de notre sort.

Le dernier instant de la vie est le terme de tous les maux.

L'homme est trop borné pour connaître l'avenir.

On ne peut que douter de ce que notre faible imagination nous montre.

Ne demandez point ce que personne ne peut savoir.

Que vous irez en enfer, ou en paradis, c'est ce que votre religion vous apprend.

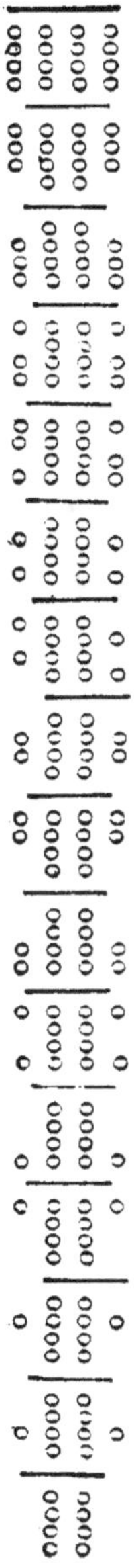

Ne promettez, dans tous les cas, que ce que vous devez et pouvez accorder.

Celui ou celle qui s'engage, court de grands risques à se rétracter.

Réfléchissez bien avant de vous engager, et ne revenez point sur vos pas.

Le mépris toujours, à la haine souvent, sont le résultat du mensonge.

On ne vous croirait plus en rien, prenez-y garde.

On se méfierait de vous, et on aurait raison.

La considération de votre intérêt seul vous prescrit ce qu'il faut faire.

Gardez-vous bien d'en agir autrement, toutes vos espérances seraient nulles.

S'il en était ainsi, vous vous exposeriez à des regrets certains et inutiles.

On ne se joue pas impunément de la foi d'autrui.

On ne fait aucun cas de celui ou de celle qui ment à sa conscience.

On n'est plus le maître de ce qu'on s'est engagé à livrer.

On perd toute confiance envers celui qui vous a trahi.

On n'écouterait point vos raisons ; car vous n'en pourriez pas donner de bonnes.

La fidélité dans ses promesses donne à la confiance un droit incontestable.

L'amour-propre, plus encore que l'amour, en serait offensé.

LEÇONS
AU BEAU SEXE,

POUR

APPRENDRE A PLAIRE ET A FIXER.

OVIDE.

Mais quel peuple brillant, soudain, vois-je paraître,
S'avançant à pas lents, et m'appelant son maître ?
Ah ! c'est pour implorer le secours de mes vers.
Belles, tous mes trésors pour vous vont être ouverts.
Vertu doit vous prêter ses plus beaux ornemens ;
En nymphe elle nous fait briller ses agrémens.
Qui ne sent le pouvoir de sa beauté suprême ?
Est-il donc étonnant que tout l'univers l'aime ?
N'abandonnez jamais la trace de ses pas :
Beautés, vous lui devez vos plus puissans appas.
Mais surtout en public rendez-lui vos hommages ;
Que l'on en trace ailleurs les brillantes images,
Ma voix ne peut atteindre à ses hautes leçons ;
Les folâtres amours remplissent mes chansons.

Ma seience se borne à instruire une belfe.

Tout mon but est de vaincre une fierté rebelle.

  Vous languiriez sans moi, belles, dans l'ignorance,

Et sans mon art périrait votre unique espérance.

Vénus, qui m'apparut, m'ordonna l'autre jour,

De vous instruire aussi des secrets de l'amour.

A mes doctes leçons ouvrez un cœur docile,

Vous en serez, beau sexe, à nos vœux plus facile.

C'est elle qui m'inspire, apprenez-en les lois,

Et prêtez une oreille attentive à ma voix.

Rappelez-vous souvent qu'un hiver plein de glace,

Des plus beaux de vos jours, viendra prendre la place :

Tandis que luit pour vous tout l'éclat des plaisirs,

Sans cesse, apprenez d'elle à suivre vos désirs.

Vos jours s'écouleront comme une eau fugitive.

Le ruisseau dans son cours suit une pente active,

Il ne reviendra plus sur ses pas désormais,

Et votre amour qui passe, est passé pour jamais.

Il n'est rien qui pour vous fixe un bien si volage :

L'été voit moins de fleurs que le printemps de l'âge,

Les arbres depouillés de tous leurs ornemens,

Ont procuré naguère un asile aux amans.

De vos attraits, Iris, à peine on voit les traces :

Ce corps, dans un instant, a vu perdre ses grâces.

Ces cheveux, dont la tresse a tant charmé nos sens,

Sur un front sillonné s'étendent blanchissans.

Le serpent dans sa peau dépouille sa vieillesse ;

Le cerf, quittant son bois, retrouve sa jeunesse :

Pour vous, vos agrémens sont perdus pour toujours.

Cueillez donc une fleur qui vit si peu de jours :

Sa beauté va périr et tomber d'elle-même ;

A sa fraîcheur succède un air livide et blême.

La sensible Vénus pleure encor Adonis,

Par leurs simples penchans leurs cœurs s'étaient unis.

Mortelles, craignez-vous d'imiter les Déesses ?

Ayez pour vos amans d'aussi belles faiblesses.

Fidèles en public aux lois de la pudeur,

Contentez en secret une amoureuse ardeur.

Je vais ouvrir vos yeux, beautés, à la lumière,

Ma voix vient des amours vous montrer la carrière.

A vos premiers regards, offrons l'enchantement

Que fait naître l'éclat de votre ajustement.

Des guérets négligés la récolte est moins riche,

Et Bacchus se plaît peu sur les coteaux en friche.

Les appas naturels sont des présens des Dieux,

Chacune croit avoir ces trésors précieux.

Les soins de vous parer sont des soins salutaires ;

Ils sont de ce qui plaît les vrais dépositaires.

Non, il n'est plus ce temps où vivaient ces humains,
Qui pour orner leurs corps n'employaient point leurs
    mains.
Rome, sortant jadis du sein de la poussière,
Dans sa simplicité ne fut pas moins grossière.
A ces temps de vertu qu'on rende un vain honneur;
Des jours où je suis né je connais le bonheur.
A mon tendre penchant ce siècle est plus conforme :
Pour notre usage, l'or se prête à toute forme.
J'aime à voir un Français, modèle des amans,
Au seul Dieu des plaisirs, prodiguer son encens ;
J'aime à voir nos beautés, simples comme nature,
Pour nous plaire employer tout l'art de la parure ;
Mais pour nous attirer et prétendre à nos vœux,
Ayez, sexe charmant, un air toujours gracieux.
Il est pour vous orner cent choses différentes ;
Les plus simples souvent sont les plus ravissantes.
Distinguez avec soin ce qui vous sied le mieux,
Et que votre miroir le conseille à vos yeux.

Les superbes tissus, dont brille votre tête,
Vous savent de nos cœurs préparer la conquête.
Que du bon goût sur eux vous consultiez la voix,
Et que l'air du visage en marque l'heureux choix.
Quoiqu'elle soit pour vous un tyran incommode,

Empressez-vous toujours d'obéir à la mode.
Son caprice commande, et ses dernières lois
Ont droit de vous guider dans vos galans exploits.

Sous un air négligé, vos grâces naturelles,
Par leur voile enchanteur font soupirer pour elles.
Leur simple ajustement a bien aussi son art;
Mais il faut qu'il paraisse un effet du hasard.

Sur le goût des habits, je vais ici m'étendre;
Il est certaine étoffe où l'on ne peut prétendre.
Le vert, couleur du ciel, a le plus d'agrément;
Des nymphes, je croirais qu'il fait l'habillement.
La couleur du safran ne plaît pas moins encore:
C'est sous ses traits dorés que se montre l'aurore.
Les prés sont au printems couverts de moins de fleurs,
Qu'il n'est pour vous orner de brillantes couleurs.
Sans donner au hasard, fuyant la fantaisie,
Que celle qui vous sied soit constamment choisie.
Telle qui de la blonde, anime les attraits,
De la brune obscurcit les plus aimables traits.
Que de vous l'odorat n'ait jamais à se plaindre;
Beau sexe, votre abord ne doit pas être à craindre.

Dans de certains détails m'est-il permis d'entrer?
Un front qui n'est point net pourrait-t-il se montrer?
Sans honte sur ces dents, une aimable maîtresse...

7 *

Laisserait-elle voir des marques de paresse ?
Dans un fard secourable on trouve la blancheur,
Le carmin joint au lys une vive fraîcheur ;
Mais qu'une main avare en règle le mélange :
Le sourcil en deux arcs artistement s'arrange.

Gardez-vous d'exposer aux regards des amans
Les rebutans apprêts de vos faux agrémens.
Lorsqu'on vous croit déjà dans les bras de Morphée,
Travaillez à vous faire un amoureux trophée ;
Aux hommes il est bon d'en cacher les secrets :
Dérobez vos défauts à leurs yeux indiscrets.

La parfaite beauté triomphe à sa toilette ;
Mais elle seule y trouve une gloire complette.
J'instruis la femme aimable , et la laide à la fois :
L'une , bien plus que l'autre , implore ici ma voix.
Les belles ont sans art ce qui nous charme en elles ;
Mais le grand nombre aussi n'est pas celui des belles :
Et celles qui le sont , ne sont pas sans défaut :
De ce qu'on croit parfait , cachez les endroits faux.
Ne pas rester debout , est une loi précise ,
De peur qu'en vous voyant , on ne vous croie assise.
Un peu trop d'embonpoint semble offusquer nos yeux,
L'ajustement serré le rendra gracieux.

C'est l'art qui nous aprend à pleurer avec grâce,

Qui des cœurs les plus durs fait fondre aussi la glace :
Telle affectation n'est pas sans agrément ;
Vous plairiez moins peut-être, en parlant simplement ;
Mais fuyez ce défaut, à moins qu'il ne vous serve,
Et même en l'adoptant, ayez quelque réserve.

La démarche surtout a de quoi nous toucher ;
En femme de bon air apprenez à marcher.
Lorsque de ce mérite une femme est pourvue,
Elle enlève les cœurs dès la première vue.
Dans sa robe flottante, appelant les zéphyrs,
Elle y semble avec eux renfermer nos désirs.
La mollesse est choquante, et la dureté blesse :
Cherchez dans la nature un port plein de noblesse.

De l'épaule et du sein découvrez-nous les lis,
Vos droits par eux sur nous en sont mieux établis.
Vous, de qui la blancheur est l'éclatant partage,
Gardez-vous d'oublier ce nouvel avantage ;
L'aspect de tant d'appas, venant à m'embraser,
Je voudrais sur leur neige appliquer un baiser.

Autant que la beauté, la voix est applaudie,
Et très-souvent l'amour naît de la mélodie.
Les sirènes jadis, sur la face des eaux,
Aux charmes de leurs voix enchaînaient les vaisseaux.
Que le beau sexe au chant s'applique dès l'enfance :

Contre une voix charmante il n'est point de défense.

Sa douceur saisit l'ame, et ses seuls agrémens

Ont souvent su fixer de volages amans.

Au son des instrumens, quand votre main les touche,

Est-il pour résister quelque ame assez farouche ?

Par l'oreille conduits jusqu'au fond de nos cœurs,

De si charmans accords n'en sont-ils pas vainqueurs ?

   Par la lecture enfin cultivant vos esprits ;

Des célèbres auteurs distinguez les écrits.

C'est dans leurs doctes chants que le bon goût réside,

Et qu'avec dignité l'amour galant préside.

N'élevez point trop haut vos débiles clartés,

Que les graves auteurs soient de vous écartés.

   Dans un ballet galant j'aime à voir sur vos traces,

Légèrement voler les amours et les grâces ;

Quand Bacchus disparaît à la fin du repas,

La danse en tout leur jour fait briller vos appas.

   Ne fuyez point du jeu l'amusement aimable,

C'est l'asile chéri d'un commerce agréable.

Il chasse des ennuis l'indolente langueur,

Et du jour le plus vide abrége la longueur.

   Pendant ces jours sereins que Flore nous ramène,

Quand sous les arbres verts, tout galant se promène ;

Dans les jardins publics, belles, portez vos pas.

Pour les voir admirer , déployez vos appas :
Ce qui n'est point connu , n'excite aucune envie ;
Tout ce qui vit caché , pour le monde est sans vie ;
La beauté sans témoins cesse d'être beauté :
Ensevelir la vôtre est une cruauté.
Beau sexe , quittez donc , pour vous rendre visible ,
De vos appartemens l'obscurité nuisible.
Vos armes contre nous sont-elles préparées ?
Sortez , et vous montrez pompeusement parées ;
Vous perdrez rarement le fruit de vos apprêts ,
Le hasard conduira quelque amant dans vos retz.

   Quand vos justes soupçons accusent un volage ,
A se justifier qu'une lettre l'engage ;
Par le ton qu'il prendra vous verrez aisément
S'il feint , ou si son cœur est touché vivement ;
Tardez à lui répondre ; une légère attente
Pique plus nos désirs pour le bien qui nous tente.

   Gardez-vous de vous rendre avec facilité ;
N'ayez dans vos refus aucune dureté ;
Qu'il espère , et qu'il craigne en écoutant vos plaintes ,
L'espérance viendra faire cesser ses craintes.
Ecrivez d'un air simple , et qu'un tour élégant
Bannisse des grands mots l'éclat trop arrogant.
Il est pour vos discours des beautés naturelles :

Ne cherchez, en parlant, à plaire que par elles.

Fidèles en public aux lois de la pudeur,

Cachez à tous les yeux les fruits de votre ardeur ;

Que d'un esclave adroit le prudent ministère ,

De vos billets rendus couvre bien le mystère.

Ne confiez jamais ces gages précieux

Aux indiscrètes mains d'un jeune audacieux.

Allez à votre but par des routes nouvelles ,

Qu'un bien plus noble effort vienne élever vos ailes.

Pour plaire et pour fixer jamais d'aigres humeurs ;

Pour réussir en tout il faut de douces mœurs.

Regardez tendrement celui qui vous admire ;

Payez qui vous sourit d'un gracieux sourire.

Que les plus fins coups-d'œil soient de vous entendus,

Et que d'aussi flatteurs soient aussiôt rendus.

En préludant ainsi , l'Amour lançant ses flèches ,

Au cœur déjà percé fait de nouvelles brèches.

Poursuivons notre route , et que les vents amis

Nous conduisent au port à nos désirs promis.

Peut-être attendez-vous qu'au festin je vous mène,

Et que mon art vous règle en cette aimable scène ;

J'aurais honte plus loin d'étendre mes leçons ;

Qui ne vous paraîtront que de froides chansons.

Chacune doit savoir quelle heureuse attitude

La mère des plaisirs lui prescrit pour étude.

Vous, que sa main para de ses plus doux attraits,

À tous les soupirans faites sentir vos traits.

Celle dont la beauté ne fut point son partage,

En se découvrant moins, n'a que plus d'avantage.

Il est mille façons d'animer vos plaisirs,

Mais l'Amour, mieux que moi, instruira vos désirs.

Si cet art, que m'apprit ma longue expérience,

Fut jamais honoré de votre confiance,

Venez avec ardeur l'écouter aujourd'hui :

Les oracles fameux sont moins certains que lui.

Que dans vos doux combats volent des traits de
    flammes ;

Faites-les pénétrer jusqu'au fond de nos ames.

La même volupté, dans ces heureux instans,

Doit verser son ardeur sur les deux combattans.

Ah ! que la bouche alors a de puissantes armes !

Que ma voix, si j'osais, y dépeindrait de charmes !

Après de tels plaisirs, en exiger le prix,

C'est se rendre l'objet du plus juste mépris.

J'ai vu m'environner une foule attentive,

Qui prêtait à mes chants une oreille captive.

J'ai vu mille beautés, disciples de l'amour,

Émailler à l'envie les gazons d'alentour ;

A toutes j'ai dicté des leçons immortelles ;
Ainsi l'amour m'élève un trône au milieu d'elles.
Et comment, sans brûler, peut-on voir tant d'appas !
Mais qui te voit, Daphné, certes ne les craint pas.

  Ma carrière est remplie, et l'heureux univers
Va sans cesse applaudir au succès de mes vers.
Que le jeune homme ici vous serve de modèle :
Jeune fille, à présent mon élève fidèle,
Comme lui, publiez : *dans mes tendres amours,*
Ovide fut mon maître, et le sera toujours.

FIN.

Passion, le Diacre et le Sous-Diacre offici[e]
avec des planètes, ou seulement avec l'au[be]
l'étole et le manipule. Pendant le même tem[ps]
on se sert à la Messe d'ornemens de coul[eur]
cendrée, les jours de féries, et violette, les [di-]
manches.

... dimanche de carême après[...]

mine, *parce populo tuo ; ne in æternum iras-
caris nobis*, que l'on répète trois fois, et le Prê-
tre donne la bénédiction en silence avec la reli-
que ou avec la croix.

CHAPITRE VI.

et fait la bénédiction comme ci-dessus; aprè[s]
quoi il quitte les ornemens, et reprend l'hábi[t]
de chœur. Le Grand-Prêtre ne prend de mêm[e]
l'aube et la chape, qu'au lieu de la statio[n]
M. le Curé, sans chape, revient à la porte av[ec]
son Clergé, sans bénitier et sans encensoir, ju[s-]
qu'à ce que le Chapitre soit sorti. Un jeune en[-]
fant de chœur, placé sur une estrade ou sur [...]

ces mots : *Emisit Spiritum*, il se met à ge-
noux du côté de l'autel, et baise la terre, ainsi
que le Célébrant et tous les assistans ; mais il ne
baise pas le livre à la fin de la passion.

4. Le Thuriféraire, portant la navette et l'encensoir de la main droite, fait bénir l'encens à
ordinaire, et va au bas du chœur, en précédant
Diacre, sans balancer l'encensoir. Il n'encense

LIBRAIRIE.

Elle se compose d'un grand assortiment d'Ouvrages les plus courans, en tous genres, et principalement de ceux qui sont destinés à l'instruction et à l'amusement des enfans.

CABINET

Pour la Lecture des Livres au mois et au Volume.

Il se compose de quinze mille Volumes environ ; tous Ouvrages de bonne littérature, de Voyages, Mémoires, Histoires, Romans etc. On s'abonne pour la ville et pour la campagne. Les Nouveautés sont mises en lecture aussitôt qu'elles paraissent.

www.ingramcontent.com/pod-product-compliance
Lightning Source LLC
LaVergne TN
LVHW012220170726
843503LV00005B/2177